LORD RAY SHADE

영주 레이샤드

한승현 판타지 장편소설

FANTASY FRONTIER SPIRIT

영주 레이샤드 6

한승현 판타지 장편소설

초판 1쇄 찍은 날 § 2015년 11월 10일
초판 1쇄 펴낸 날 § 2015년 11월 16일

지은이 § 한승현
펴낸이 § 서경석

편집책임 § 김현미

펴낸곳 § 도서출판 청어람
등록번호 § 제387-1999-000006호
등록일자 § 1999. 5. 31
어람번호 § 제1-2283호

주소 § 경기도 부천시 원미구 부일로 483번길 40 서경B/D 3F (우) 14640
전화 § 032-656-4452 팩스 § 032-656-4453
http://www.chungeoram.com
E-mail § chungeorambook@daum.net

ISBN 979-11-04-90508-7 04810
ISBN 979-11-316-9036-9 (세트)

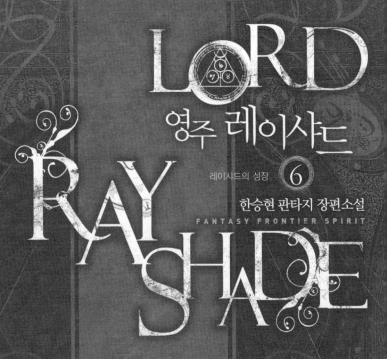

LORD

영주 레이샤드

레이샤드의 성장

6

한승현 판타지 장편소설

FANTASY FRONTIER SPIRIT

RAY SHADE

LORD RAYSHADE

영주 레이샤드

CONTENTS

제42장

인정받다 Part 2

1

"전사들을 밖에 대기시켜 놓았으니… 언제든지 필요한 일이 있으시다면 지체하지 마시고 소리를 지르십시오."

굳은 얼굴로 천막 안으로 들어가는 레이샤드의 등 뒤에서 루드니가 나직이 중얼거렸다. 폭풍의 용병단의 표정 속에서 뭔가 심상치 않은 일이 벌어질 것이라고 예상한 모양이었다.

그러나 설사 그런 일이 벌어지더라도 바람 부족이 나설 일은 없었다. 레이샤드의 곁에는 절망의 검이라 불렸던 아스타로트와 마법 대공 라인하르트가 있었다.

"신경 써줘서 고마워요."

레이샤드를 대신해 엘리자베스가 가볍게 고개를 끄덕였다. 쓸데없는 친절이기는 했지만 그렇게라도 레이샤드를 돕겠다는 의지만큼은 가상했다.

하지만 엘리자베스는 이번 일에 바람 부족이 끼어드는 것을 원치 않았다. 정말로 천막 안에서 칼부림이 나더라도 말이다.

2

"알."

"부르셨습니까."

"소리가 새어 나가지 않도록 해."

"알겠습니다."

엘리자베스의 지시를 받은 아르메스는 품속에서 주먹만 한 마정석 여섯 개를 꺼내 들었다. 그러고는 천막 안쪽을 돌며 마정석을 바닥에 하나씩 박아 넣었다.

'대체 뭘… 하는 거지?'

그 모습을 조용히 지켜보고 있던 총관 안티몬은 속으로 마른침을 꿀꺽 삼켰다. 폭풍의 용병단이라는 거대한 용병단을 이끌어가는 네 명의 기둥 중 하나였지만 그는 검술은 물론이고 마법에 대해서도 특별히 아는 게 없었다. 무력을 써야 할 때는 언제나 라시아이언이나 사이먼, 헤이나가 나섰다. 자신은 늘 그들이 휩쓴 자리를 뒷수습하거나 그들이 나서기 전에 협상을 진행하는 일을 맡아 왔다. 그래서 아르메스가 정확하게 무엇을 하는 것인지 짐작이 되지 않았다.

하지만 그동안 보고 겪은 게 많은 탓일까. 그런 안티몬의 눈에도 아르메스의 움직임은 심상치 않게 느껴졌다.

그것은 라시아이언도 마찬가지였다. 우직하게 검술만 갈고 닦아 온 그는 평소 마정석만 보면 지나치게 흥분하는 경향이 있었다. 용병 생활을 하며 마법사들이 설치한 마법진에 동료들을 잃은 게 한두 번이 아니기 때문이었다.

'제길. 마법진인가.'

라시아이언은 성급하게 입술을 깨물었다. 좁은 천막 안에 폭풍의 용병단의 지휘부가 전부 모여 있었다. 만에 하나 이곳에서 일이라도 벌어진다면 폭풍의 용병단은 그대로 와해될 게 뻔했다.

'제길!'

라시아이언은 반사적으로 손을 뻗어 검잡이를 움켜잡았다. 정말로 천막 안에서 무슨 일이 벌어진다면 가장 앞으로 나서야 하는 게 바로 검사인 라시아이언의 역할이었다. 상황이 불리하다면 적어도 다른 이들이 도망칠 시간을 벌어

주는 게 그의 몫이었다.

그러나 그것은 어디까지나 대적이 가능할 것 같은 상대를 앞에 뒀을 때의 이야기였다.

"라시아이언! 그만둬!"

"지금 뭐하는 거야?"

라시아이언이 필요 이상으로 흥분하자 세이먼과 헤이나가 동시에 소리쳤다.

지금 천막 안에는 레이샤드만 있는 게 아니었다. 천막의 구석에는 기세만으로 라시아이언을 짓눌렀던 아스타로트가 기척조차 내지 않고 서 있었다. 그 반대편에는 어마어마한 마력을 선보였던 라인하르트가 한껏 입가를 비틀고 있었다.

"크윽······!"

뒤늦게 정신을 차린 라시아이언이 나직이 신음을 흘렸다. 억울하긴 했지만 사이먼과 헤이나의 경고가 옳았다. 이런 상황에서 섣불리 움직였다간 아마 제대로 검을 뽑기도 전에 목이 달아날 터였다.

설사 사이먼과 헤이나가 정확한 순간에 움직여 자신을 돕는다고 해도 마찬가지였다. 대륙에서도 손꼽히는 A급 용병 셋이 힘을 합친다면 그 어떤 일도 거칠 게 없지만 상대가 너무 나빴다. 아직 진짜 실력조차 모르는 아스타로트는 둘째 치고 7레벨 마법사인 사이먼을 주눅 들게 만든 라인하르트가 마나를 개방하면 사이먼과 헤이나는 제대로 힘 한번 써보지 못하고 휘말리고 말 것이다.

아스타로트와 라인하르트. 둘 중에 한 명만 있었다면 최악의 경우 목숨을 걸었겠지만 둘 모두를 상대하기에 세 사람의 힘은 미약했다. 거기다 자신들에게 한 마디 동의도 구하지 않고 마정석을 꺼내어 바닥에 마법진을 그리는 아르메스는 새로운 변수였다. 마정석을 통해 마법진을 발동시킬 정도라면 그의 마법 경지는 최소한 5레벨 이상으로 봐야 했다. 그것도 보란 듯이 마법진을 설치한다는 건 자신들 따위는 안중에도 없다는 의미였다.

평범한 집사로만 보였던 아르메스가 마법 능력까지 가지고 있고, 만약 그 실력이 사이먼에 버금갈 정도라면? 검을 뽑아 든 결과는 더욱 뻔해질 터였다.

"후우……."

애써 흥분을 가라앉히며 라시아이언은 슬쩍 눈을 돌렸다. 이런 상황에서 레이샤드는 과연 어떤 반응을 보이고 있을지 궁금해진 것이다.

아주 잠깐이지만 마스터인 자신이 살기를 품었다. 만약 그것을 느꼈다면 어지간한 귀족들은 오금을 저렸을 것이다.

그러나 정작 레이샤드는 라시아이언 쪽으로는 눈길조차
주지 않고 있었다. 바람 부족에서 특별히 준비한 큼지막한
의자에 주저앉은 채 혼자만의 생각에 빠져 있었다.

레이샤드의 옆에 선 엘리자베스의 표정도 담담하기만 했
다. 그녀는 오직 레이샤드밖에 보이지 않는 것처럼 레이샤
드에게서 단 한 번도 눈을 떼지 않았다.

3

"허······."

라시아이언은 자신도 모르게 헛웃음이 터져 나왔다. 이
런 상황에서 긴장을 푼다는 건 A급 용병이 할 짓이 아니었
지만 그만큼 레이샤드와 엘리자베스의 반응은 예상을 빗나
간 것이었다.

레이샤드 일행의 눈치를 보고 있다고 해도 천막 안에 있
는 이들은 대륙 최고의 용병단이라 불리는 폭풍의 용병단
이다. 그중에서도 폭풍의 용병단을 이끄는 A급 용병들이었
다.

레이샤드가 황족이라는 사실을 뒤늦게 알긴 했지만 황족
이라고 해서 목숨이 여러 개인 것은 아니었다. 오히려 황족
같이 귀한 이들일수록 자신의 목숨을 끔찍하게 여기는 편

이었다. 특히나 아직 동료인지 적인지 확실하지 않은 상대들과 마주하는 것이라면 절대 경계심을 늦추지 않아야 했다.

그런데 정작 레이샤드는 여전히 자신만의 세계에 빠져 있었다. 자신들의 속 타는 마음 따위는 전혀 알아주지 않은 채 말이다.

'대체… 뭘 어쩔 셈인 거지?'

라시아이언은 다시 질근 입술을 깨물었다. 차마 내뱉지 못한 그의 속마음이 벌게진 눈동자를 타고 번들거렸다.

그때였다.

"너, 그 건방진 눈빛은 뭐지?"

레이샤드의 뒤쪽에 서 있던 유르스가 눈을 빛내며 앞으로 걸어 나왔다. 그의 손은 라시아이언이 그랬던 것처럼 검의 손잡이 위로 향해 있었다.

자연스럽게 라시아이언의 시선이 레이샤드를 지나 유르스에게 향했다. 그러고는 슬쩍 입가를 비틀었다. 어떻게든 이 답답한 상황을 풀어나갈 돌파구가 필요했는데 유르스가 나서주니 고마울 지경이었다.

그것은 유르스도 마찬가지였다. 유르스는 하찮은 용병들 따위가 황족인 레이샤드의 맞은편에 앉아 있는 것 자체가 마음에 들지 않았다.

설사 레이샤드가 의뢰를 했다 하더라도 상대가 귀족이 아닌 이상 황족과 한 테이블에 앉을 수는 없었다. 귀족이라 해도 적어도 제국의 백작위 쯤은 되어야 했다. 제국이 아니라면 이름 난 후작 정도는 되어야 레이샤드를 마주 볼 수 있었다.

그런데 고작 용병 나부랭이 따위가 레이샤드와 같은 테이블에 앉아 있다니. 레이샤드를 모셔야 하는 입장에서 도저히 용납할 수가 없었다.

'건방진 놈! A급 용병이라고 설치고 싶나 본데 오늘 그 콧대를 꺾어주겠다.'

유르스의 날 선 시선이 라시아이언에게 날아들었다. 지금껏 단 한 번도 얼굴을 마주해 본 적이 없는 상대였지만 유르스는 라시아이언에 대해 귀에 딱지가 앉도록 전해 듣고 있었다.

폭풍의 용병단의 세 A급 용병 중 하나. 저돌적인 검술은 어지간한 마스터들조차 상대하기 어렵다고 알려진 실전 검술의 고수. 폭풍의 용병단에 소속된 대다수 검사의 절대적인 지지를 받고 있는 폭풍의 용병단의 중심축.

얼마 전까지 라미레스 후작 진영에 몸을 담았던 유르스는 전쟁이 시작되면 라시아이언을 쓰러뜨려야 한다는 지령을 받은 상태였다. 가급적이면 폭풍의 용병단과 맞붙는 전쟁 초기에 상대의 방심을 틈타 마스터인 라시아이언의 목을 베고 폭풍의 용병단을 통제 불능 상태로 만든다. 그것이 폭풍의 용병단을 넘어 최소한의 피해로 아르만 공작령으로 파고들겠다는 라미레스 후작의 계획이었다.

만일 레이샤드가 나타나서 라미레스 후작의 계획을 망치지 않았다면 지금쯤 라시아이언은 살아서 이 자리에 앉아 있지 못했을 것이다. 당연히 지금처럼 마스터랍시고 건방을 떨어대지도 못했을 것이다.

그러나 레이샤드가 끼어들면서 모든 게 엉망진창이 되고 말았다.

이미 자신의 손에 죽었어야 할 라시아이언은 레이샤드의 맞은편 자리에 앉아서 눈을 부라리고 있었다. 반면 라시아이언을 베고 새로운 전쟁 영웅으로 거듭났어야 할 자신은 라미레스 후작의 고집 때문에 레이샤드 진영으로 떠넘겨지고 말았다.

유르스는 이런 현실이 너무나도 싫었다. 그래서 가능하다면 그 현실을 조금이라도 자신에게 유리한 쪽으로 바꿔놓고 싶었다.

'저놈을 짓밟는다면 황자도 날 확실히 인정하겠지.'

유르스의 날카로운 눈빛을 타고 살기가 번졌다. 그것을 느낀 것일까.

'저 자식이!'

라시아이언의 입가에 감돌던 웃음이 사라졌다.

하지만 애석하게도 둘의 대결은 제대로 시작도 하지 못하고 끝나고 말았다.

"그만."

잠시 사색에 빠져 있던 레이샤드가 뒤늦게 고개를 들어 올린 것이다.

쿵!

레이샤드의 말이 떨어지기가 무섭게 아스타로트가 크게 한 발 내디뎠다. 순간 발끝을 타고 날카로운 마나가 퍼지더니 라시아이언과 유르스의 가슴을 힘껏 후려쳤다.

"컥!"

"크윽!"

라시아이언과 유르스의 입에서 동시에 신음이 터져 나왔다. 다행이 아스타로트가 힘 조절을 했으니 망정이지 전력을 다했다면 아마 지금쯤 두 사람은 핏물조차 토해내지 못하고 절명했을 것이다.

그러나 그 정도로도 건방지게 날을 세운 것에 대한 경고로는 충분했다.

"제가… 주제넘었습니다."

분탕치는 가슴을 억누르며 유르스가 고개를 숙이고 물러

섰다. 하늘이라 생각했던 아스타로트의 실력은 상상 그 이상이었다. 그 사실을 자각한 것만으로도 감히 검을 뽑아 들 용기조차 나지 않았다.

"죄송합니다, 황자님. 라시아이언이 조금 흥분을 했던 모양입니다."

질끈 눈을 감은 라시아이언을 대신해 폭풍의 용병단에서는 총관 안티몬이 사과의 말을 전했다. 라시아이언은 물론이고 사이먼과 헤이나도 아스타로트가 보여준 놀라운 신위 앞에 입을 열지 못했지만 안티몬만은 아무렇지 않은 얼굴이었다.

그렇다고 안티몬이 아스타로트의 기운을 감당해 낸 것은 결코 아니었다. 이렇다 할 무술을 익히지 않은 안티몬은 가벼운 공격만으로도 목숨을 잃을 수 있었다. 그래서 아스타로트가 안티몬이 아무런 피해를 입지 않도록 절묘하게 기운을 조절한 것이다.

그리고 다행히도 안티몬이 당황하지 않고 총관으로서의 제 몫을 다 해냈다.

그렇게 팽팽하게 달아올랐던 분위기가 환기되었다. 하지만 그렇다고 해서 천막 안의 무거움까지 사라진 것은 아니었다.

그리고 이종족의 피가 흐르는 헤이나에게 그 무거움에

짓눌린 침묵은 감당하기에 너무나 벅찬 것이었다.

"왜… 우리를 속였죠?"

헤이나가 더 이상 참지 못하고 입을 열었다. 그녀의 날선 목소리가 천막을 날카롭게 울리고 엘리자베스를 비롯한 마족들의 눈매를 굳게 만들었다.

4

이종족들의 화법이 직설적이라지만 헤이나의 발언은 겁이 없었다. 왜 속였냐고 추궁하는 건 자신들이 속았다고 확신하는 것과 같았다. 지금의 상황을 전부 레이샤드 쪽에 떠넘기는 것과 다름없었다.

하지만 헤이나의 흔들리는 시선 앞에서도 레이샤드는 불쾌해하거나 화를 내지 않았다.

사전에 엘리자베스의 설명을 듣지 않았다면 헤이나의 말을 이해하지 못했을 것이다. 그러나 엘리자베스의 설명을 들은 지금 레이샤드는 헤이나를 비롯한 폭풍의 용병단이 무엇을 두려워하는지 충분히 이해할 수 있었다.

"난 아무것도 속이지 않았어. 오해를 하는 것은 너희들이니까."

가볍게 웃는 레이샤드의 입에서 다소 냉정한 말투가 흘

러나왔다. 순간 레이샤드의 변명을 기대했던 헤이나의 표
정이 살짝 일그러졌다. 변명은 둘째 치고 그동안 공손하기
만 했던 레이샤드의 말투가 순식간에 하대로 바뀌어 있었
기 때문이다.

그것은 레이샤드가 폭풍의 용병단을 더 이상 동등하게
대하지 않겠다는 의미나 마찬가지였다. 제국의 황족으로서
폭풍의 용병단을 대하겠다는 선전포고나 다름없었다.

"우리가 무엇을… 오해했다고 하시는 겁니까?"

질근 입술을 깨무는 헤이나의 옆에서 잔뜩 굳어진 목소
리가 흘러나왔다.

7레벨 마법사 사이먼.

그도 더는 참지 못하고 논쟁에 끼어든 것이다.

폭풍의 용병단을 이끄는 네 사람 중 언변이 뛰어난 것은
총관인 안티몬이었다. 하지만 그것은 어디까지나 상식적인
선에서의 이야기였다. 상대의 속내와 심리 상태를 파악하
고 원하는 것을 끌어내는 협상력은 사이먼이 한 수 위였다.

그렇다고 사이먼처럼 모든 마법사가 전부 심리전을 즐기
는 것은 아니었다. 오히려 대부분의 마법사들은 그 반대였
다.

마법사가 마나를 움직이기 위해서는 고도의 집중력이 필
요하다. 특히나 지금처럼 언제 어디서 무슨 일이 벌어질지

모르는 경우라면 쓸데없이 입을 나불거리는 것보다 정신력을 집중해 언제라도 마법을 사용할 수 있게 준비하는 게 일반적이었다.

입을 열면 호흡이 흔들린다. 호흡이 흔들리면 마나의 통제가 약화되고 제대로 된 효과를 내기 어렵다.

그래서 사이먼도 어지간한 협상에서는 쉽게 입을 열지 않았다. 그가 아니더라도 폭풍의 용병단에는 안티몬이라는 훌륭한 행정 인력이 포함되어 있었다.

하지만 지금처럼 폭풍의 용병단의 기세가 꺾인 상황이라면 이야기가 달랐다. 지금은 폭풍의 용병단의 모든 것을 안티몬에게 맡길 수가 없었다. 안티몬에게 미안한 이야기였지만 이 상황에서 안티몬을 절대적으로 신뢰할 자신이 없었다. 자신조차 감당하기 어려운 자들을 상대로 폭풍의 용병단에게 유리한 협상을 이끌어낼 수 있을 것 같지 않았다.

"먼저 신분을 숨기신 것은 황자님이십니다. 우리는… 우리가 할 수 있는 합리적인 의심을 했을 뿐입니다."

사이먼이 테이블 쪽으로 몸을 내밀며 말했다. 그러자 폭풍의 용병단의 역할이 달라졌다.

대부분의 협상을 주도해 왔던 안티몬은 입을 다물고 협상 테이블에서 한 걸음 뒤로 물러나 냉정함을 유지했다. 살짝 자존심이 상하긴 했지만 폭풍의 용병단에서 그의 역할은 단순히 협상만이 아니었다. 전체적인 용병단의 살림과 운영, 일정에 이르기까지 정확한 자료는 그의 머릿속에만 담겨 있었다.

라시아이언과 헤이나도 사이먼을 대신해 경계의 끈을 놓지 않았다. 보통 이런 상황에서 주변 경계에 가장 유용한 것은 섬세한 마법사였지만 사이먼이 협상을 위해 마법을 포기한 만큼 그 역할을 자신들이 해내야만 했다.

'오호라. 생각보다 쓸 만한데?'

순식간에 이루어진 폭풍의 용병단의 역할 변화를 지켜보던 라인하르트의 입가로 웃음이 번졌다. 수많은 용병단 중에서도 폭풍의 용병단처럼 호흡이 잘 맞는 용병단은 없다는 이야기를 듣긴 했지만 이토록 유기적인 조직력을 갖췄을 줄은 예상하지 못했다.

물론 오래도록 함께 한 용병들의 경우 역할 분담이 정해져 있는 경우가 많았다. 하지만 폭풍의 용병단을 이끄는 네 사람은 겉보기에 좀처럼 섞일 것 같지가 않아 보였다. 그런데도 이토록 하나처럼 움직인다는 사실이 재미있기만 했다.

처음 라인하르트는 폭풍의 용병단의 구심점을 총관인 안티몬이라고 여겼다.

안티몬은 행정가 출신으로 검술이나 마법에 대해서는 아는 게 전혀 없었다. 강한 만큼 대접을 받는 용병계에서 그의 역할은 제한적일 수밖에 없었다. 그런 그가 폭풍의 용병단의 수뇌가 되어서 명성이 자자한 A급 용병들을 어르고 달래고 있다는 사실만으로도 중간에서 중재자 역할을 완벽하게 수행하고 있다는 방증이었다.

그런데 두 눈으로 지켜보니 안티몬의 중재 능력이 전부가 아니었다. 오히려 보이지 않게 라시아이언과 사이먼, 헤이나 사이에 끈끈한 유대감이 형성되어 있었다.

라시아이언은 누가 보더라도 저돌적이고 단순한 성격의 검사였다. 반면 사이먼은 침착하고 과묵한 마법사였다. 검사와 마법사. 흔히 말하는 상극의 힘은 둘째 치고라도 성격적으로 두 사람은 전혀 어울리지 않았다. 거기다 헤이나는 용병들 중에서도 희귀한 정령사에 이종족의 피가 섞인 여자였다. 이 세 사람이 한 자리에 앉아 있는다는 것 자체가 머릿속으로 그려지지 않을 정도였다.

그러나 놀랍게도 정작 세 사람은 서로를 믿고 의지하고 있었다. 단지 오랜 시간 함께해 오며 신뢰가 쌓여서 이루어진 관계 같지는 않았다. 그보다는 보이지 않는 특별한 결속력이 세 사람 사이를 단단하게 옭아맨 것 같았다.

'그것이 무엇일까.'

잠시 궁리하던 라인하르트의 시선이 엘리자베스에게 향했다. 대륙의 수많은 용병단 중 폭풍의 용병단을 선택한 것은 오로지 엘리자베스의 의지였다. 그렇다는 건 그녀가 폭풍의 용병단의 모든 것을 꿰뚫어보고 있다는 의미였다.

그러나 정작 엘리자베스의 얼굴에는 아무런 표정 변화조차 없었다. 라인하르트를 들뜨게 만들었던 폭풍의 용병단의 유기적인 움직임에 아무런 감흥조차 없다는 것처럼 말이다.

정작 엘리자베스의 얼굴이 변한 것은 레이샤드가 차분하게 말을 받은 이후였다.

"내가 황자의 신분을 감춘 것은 미안하게 생각해. 하지만 난 지금 아베론의 영주일 뿐이야."

레이샤드가 사이먼을 똑바로 바라보며 말했다. 폭풍의 용병단을 돕기 위해 나서기 전까지 레이샤드는 척박한 아베론 영지의 이름뿐인 영주에 불과했다. 제국 황실 명부에 이름이 올라가 있긴 하지만 스스로 제국의 진짜 황자라고 생각해 본 적은 단 한 번도 없었다.

그것은 제국도 마찬가지였다. 주변 왕국을 통해 지원을 해오긴 했지만 실질적으로 그것은 어디까지나 북방의 보루인 영지 유지를 위해서였다. 레이샤드가 황자이기 때문에 특별히 지원을 해온 게 아니었다.

실제로 칼슈타트 황제는 공식 석상에서 레이샤드의 이름을 언급한 적이 없었다. 레이샤드는 물론이고 하르베스 폐황태자의 이야기가 오르내리는 것 자체를 질색했다. 하르베스 폐황태자의 사건을 재조사하는 기간 동안에는 대전(여러 관료들과 정사를 논하는 곳)에 발길조차 들이지 않을 정도였다.

하르베스 폐황태자의 누명이 벗겨지면서 그의 신분도 자연스럽게 복권되어야 했지만 그 점에 대해서는 아직 공식적인 논의조차 이루어지지 않고 있었다. 아직 하르베스 폐황태자를 유배 보내다시피 한 장본인, 칼슈타트 황제가 황위를 지키고 있고 그의 후계 문제가 명확하지 않은 상황이었다. 이 와중에 하르베스 폐황태자를 황태자로 복권시킨다면 가뜩이나 흔들리는 정통성 문제가 더욱 크게 부각될 터였다.

하르베스 폐황태자의 복권이 늦어지면서 레이샤드의 복권 문제도 좀처럼 수면 위로 떠오르지 않았다. 공식적으로 레이샤드가 황족의 신분을 박탈당한 적은 없지만 선친인 하르베스 폐황태자가 반역죄라는 누명을 썼던 만큼 황족으로서의 지위 회복에 대한 논의가 필요했다. 그러나 강성한 칼슈타트 황제 때문에 레이샤드를 위해 나서는 이들은 많지 않았다.

황실 내부에서 레이샤드의 존재를 꾸준하게 언급하고 있
는 것은 로베르토 대공뿐이었다. 로베르토 대공은 레이샤
드를 통해 황실의 정통성을 복원해야 한다며 동조자들을
끌어모으고 있었다.

하지만 그런 로베르토 대공 역시 레이샤드를 황실로 불
러 올릴 생각은 하지 않고 있었다. 정통성 복원이라는 명분
을 내세워 칼슈타트 황제를 압박하고는 있지만 정말로 레
이샤드를 전면에 내세우려는 움직임은 보이지 않았다.

이유는 간단했다. 아직 레이샤드는 위험천만한 제국의
황위 쟁탈전에 끼어들 만큼 단단하지 않았다. 오히려 어리
고 나약했다. 섣불리 발을 들였다간 거친 격랑 속에 빨려
들어갈 게 뻔했다.

조카인 하르베스 폐황태자를 몰아내고 황위를 차지할 만
큼 칼슈타트 황제는 무서운 자였다. 정통성 문제로 지지 기
반이 흔들리고 있다지만 칼슈타트 황제를 만만히 보는 자
는 단 한 명도 없었다.

실제로 칼슈타트 황제는 레이샤드가 겁도 없이 황위에
욕심을 내길 기다리고 있었다. 그래야만 하르베스 폐황태
자에 대한 미안함을 떨쳐내고 자신의 방식대로 레이샤드를
갈기갈기 찢어발길 수 있었다.

로베르토 대공은 그 사실을 너무나 잘 알고 있었다. 그래

서 레이샤드가 조금 더 성장하고 성숙하기를 기다렸다. 칼슈타트 황제의 보이지 않는 견제 때문에 공식적인 지원을 하지는 못하고 있지만 레이샤드가 당당히 황실에 들어온다면 언제라도 그를 황제의 자리에 앉힐 수 있도록 최선을 다하고 있었다.

그러나 제국의 상황과는 별개로 레이샤드는 자신을 제국의 황자라고 생각하지 않고 있었다. 제대로 세상을 분별하지도 못 할 나이에 레이샤드를 기다리고 있었던 것은 북방의 차디찬 마기였다. 황실에 대한 기억이 없다시피 한 레이샤드에게 황실을 그리워하고 황족으로 자존감을 가지라는 건 무리한 요구나 마찬가지였다.

그래서 레이샤드는 자신이 황족이라는 사실을 굳이 밝히지 않았다. 공식적으로 레이샤드에게 허락된 신분은 아베론의 영주였다. 대륙 북쪽에 위치한, 지도에도 나와 있지 않은 외진 변방의 영주 말이다.

"그 말씀은… 지금 제 앞에 계시는 분은 제국의 황자 전하가 아니라 아베론의 영주님이라는 말씀이십니까?"

잠시 레이샤드의 말을 곱씹던 사이먼이 조심스럽게 되물었다. 레이샤드가 제국의 황자가 아니라 아베론의 영주로서 자신들 앞에 나타난 것이라면? 상황은 조금 달라질 수 있었다.

"그래. 다시 한 번 말하지만 나는 아베론의 영주야. 그러니까 쓸데없는 의심은 거두었으면 좋겠어."

레이샤드가 당연하다는 얼굴로 말했다. 아베론 영지를 떠나서 지금까지 그는 단 한 번도 자신이 아베론의 영주라는 사실을 잊은 적이 없었다. 아르만 공작과 라미레스 후작을 상대하면서 황자라는 신분의 도움을 받긴 했지만 그것은 어디까지나 아베론 영지를 위해서였다. 황자로서 영향력을 키우기 위한 목적이 결코 아니었다.

하지만 그렇다고 해서 레이샤드에 대한 모든 불안감이 사라지는 것은 아니었다. 레이샤드가 부정한다 하더라도 그는 제국의 황자였다. 그리고 제국 황실은 황제의 피가 흐르는 자들을 쉽게 내버려 두는 법이 없었다.

"궤변이로군요."

잠자코 듣고 있던 헤이나가 냉큼 끼어들었다. 그녀 또한 레이샤드가 말장난을 한다고 생각했다.

그러나 레이샤드는 헤이나의 비아냥을 무시로 일관해 버렸다.

'쓸데없이 지나치게 변명하려 하지 말아라.'

그것이 엘리자베스가 레이샤드에게 알려준, 폭풍의 용병단을 상대하는 첫 번째 비책이었다.

"내가 황자인지 아닌지는 중요하지 않아. 난 아베론의 영주로서 너희를 도왔고 너희는 그 대가를 치러야 해."

레이샤드가 제법 엄숙한 목소리로 말했다. 황자라는 사실을 이용해 어떻게든 꼬투리를 잡고 싶은 폭풍의 용병단의 애타는 마음을 모르지는 않지만 그렇다고 해서 그들의 바람대로 휘둘리고 싶은 생각은 없었다.

"폭풍의 용병단은 신의 있는 용병단이라고 들었는데 그게 아닌가 봐요, 레이."

엘리자베스도 한마디 거들었다. 말투만 듣고 보면 비아냥거림 같았지만 그녀의 눈매는 더없이 싸늘했다.

그리고 그런 엘리자베스의 감정을 대변하듯 뒤쪽에 시립해 있던 아스타로트가 강한 살기를 뿜어댔다.

'더 이상의 말대답은 용납하지 않겠다.'

아스타로트의 의지가 보이지 않는 사신의 낫이 되어 폭풍의 용병단의 목 위에 얹어졌다.

"크윽."

사이먼을 비롯해 헤이나와 라시아이언의 입에서 나직한 신음이 흘러나왔다. A급 용병답게 아스타로트의 기세가 목을 움켜쥐고 있다는 사실을 알아챈 것이다.

그러자 안티몬이 하얗게 질린 얼굴로 입을 열었다.

"저, 저희는 약속을 지키기 위해 왔습니다. 그러니 불필요한 오해는 하지 말아 주십시오."

이곳에 오기 전까지 사이먼과 헤이나, 라시아이언은 어떻게든 레이샤드의 마수에서 벗어나야 한다는 데 뜻을 모았다. 레이샤드가 자신들을 속인 만큼 레이샤드의 뜻대로 움직일 필요가 없다고 말이다.

그러나 그건 어디까지나 레이샤드가 제국의 황자이며 이번 일의 배후에 제국이 있다는 전제 조건하에서의 이야기였다. 지금처럼 레이샤드가 제국의 황자가 아니라 아베론 영지의 영주로서 나섰다고 말한다면 폭풍의 용병단도 더이상 따지고 들 여지가 없었다.

그렇다고 힘으로 진실을 확인하기도 벅찼다. 폭풍의 용병단을 대륙 최고의 용병단으로 이끌던 세 명의 A급 용병이 찍소리도 못하고 입을 다물고 있었다. 그것도 고작 한명의 사내가 내뿜는 기세 앞에 말이다.

여기서 괜히 말실수라도 했다간 계약 이행 전에 목이 달아나는 최악의 상황이 벌어질 수 있었다.

제43장

인정받다 Part 3

1

"기억하세요. 지금부터 그대의 목숨은 그대의 것이 아닙니다. 그대가 나에게 목숨을 맡겼으니 이제 그대의 목숨은 내 것입니다. 그러니 절대로 하찮게 목숨을 잃지 마세요."

안티몬은 성녀와 맺었던 언약을 떠올렸다. 성녀는 함부로 목숨을 내걸지 말라 말했다. 그리고 안티몬은 그러겠다고 답했다.

말을 하지는 않았지만 라시아이언과 헤이나, 사이먼 모두 자신과 같은 언약을 했을 것이다.

"다들… 진정들 하십시오. 그리고 성녀님께 했던 언약을 기억하십시오."

안티몬이 침착하게 세 용병을 달랬다. 지금 여기서 무의미하게 반항하다 목숨을 잃는 건 성녀와의 언약을 저버리는 짓이다. 성녀와의 언약을 지키기 위해서라도 일단은 목숨을 연명하는 게 중요했다.

그리고 목숨을 연명하기 위해서는 일단 저들의 말을 따를 수밖에 없었다.

"폭풍의 용병단을 대표해 제가 진심으로 사과드립니다. 레이샤드 황자님. 아니, 영주님. 무례를 용서하십시오."

안티몬이 레이샤드를 향해 깊숙이 고개를 숙였다. 세 용병이라면 아마 자존심 때문에라도 쉽사리 사과하려 들지 않겠지만 안티몬은 달랐다. 용병이기에 앞서 행정가적 관점에서 봤을 때 한 영지의 영주이며 또한 제국의 황자인 레이샤드에게 고개를 숙이는 건 결코 부끄러운 일이 아니었다.

그런 안티몬의 모습이 마음에 들었을까.

"바보들만 모여 있는 건 아닌가 보네요."

엘리자베스가 나직한 목소리로 중얼거렸다. 그와 동시에 아스타로트가 뿜었던 기세를 거둬들였다. 그리고 한참이 지나서야 바짝 긴장해 있던 라시아이언과 헤이나, 사이먼의 입에서 긴 한숨이 흘러나왔다.

여전히 레이샤드의 말을 100퍼센트 신뢰하긴 어렵지만 안티몬의 말은 옳았다.

지금 중요한 건 레이샤드가 황자인지 아닌지가 아니었다. 레이샤드가 먼저 자신들을 도와줬으니 이제 폭풍의 용병단에서 그 대가를 치를 차례였다.

너무나 당연한 수순이었지만 라시아이언과 헤이나, 사이먼은 두려웠다.

자신들을 단숨에 압도할 만한 실력을 갖춘 아스타로트와 라인하르트가 레이샤드의 옆에 있었다. 그런데 굳이 찾아와 자신들을 도와줬다는 건 그만한 이유가 있다는 의미였다.

세 용병은 어쩌면 그 대가를 치르는 과정에서 폭풍의 용병단이 사라질지도 모른다고 생각했다. 그래서 결과가 어떻게 나오든 일단 한 번은 부딪쳐 보기로 마음을 먹은 것이다.

하지만 결과는 예상했던 것 이상으로 참담했다. 라시아이언은 물론이고 언변 좋은 사이먼이나 냉철한 헤이나 모두 이렇다 할 몸부림조차 치지 못하고 기세가 꺾여 버렸다.

이렇게 된 이상 논의를 진행시킬 수 있는 건 안티몬뿐이었다.

"저희의 입장도 이해해 주십시오. 폭풍의 용병단은… 오래전부터 제국의 억압을 받아 왔습니다. 제국의 용병 길드에 가입하라고 말이지요."

안티몬은 자신들이 감정적일 수밖에 없는 사연을 구구절절하게 늘어놓았다. 제국의 아르만 공작을 상대할 때에도 쉽게 머리를 숙이지 않는 폭풍의 용병단이었지만 아스타로트와 라인하르트를 좌우에 둔 레이샤드 앞에서는 철저한 약자가 될 수밖에 없었다.

"그런 사정이 있었다니, 몰랐는걸."

레이샤드가 천천히 고개를 끄덕였다. 솔직히 엘리자베스를 통해 폭풍의 용병단이 처한 입장을 전부 전해 듣긴 했지만 안티몬의 입을 통해 다시 전해 들으니 마음에 와 닿는 게 많았다.

하지만 그렇다고 해서 폭풍의 용병단의 입장만 헤아려 줄 수는 없는 일이었다.

레이샤드가 아베론 영지를 박차고 나와 제국에 온 건 어디까지나 아베론 영지의 치안 문제를 해결하기 위해서였다. 그리고 그 적임자로 폭풍의 용병단을 선택했다.

레이샤드는 폭풍의 용병단을 얻기 위해 라미레스 후작의 음모를 파헤치고 전쟁을 막았다. 그로 인해 폭풍의 용병단이 얻은 이득은 이루 말할 수 없을 정도로 많았다.

그렇다면 이제 폭풍의 용병단에서 빚을 갚을 차례였다. 폭풍의 용병단이 알아서 고개를 숙여줬다면 참 좋았겠지만 그것이 어렵다면 준 만큼 받는 게 옳았다.

"그대들이 무엇을 걱정하는지는 알겠어. 하지만 난 그대들을 데리고 전쟁을 할 생각이 없어."

레이샤드가 단호한 목소리로 말했다. 아베론 영지는 작고 가난한 영지다. 게다가 제국과 가장 멀리 떨어져 있는 영지다.

이런 아베론 영지에 전쟁이라니. 솔직히 그런 상상을 한다는 것 자체가 대단할 정도였다.

"그럼… 저희에게 원하시는 게 무엇이신지요."

세 용병을 대신해 안티몬이 조심스럽게 물었다. 대륙에서 폭풍의 용병단처럼 대규모 용병과 계약하는 이유는 한 가지뿐이었다. 바로 전쟁. 그 외의 상황 역시 상상하기 어렵긴 마찬가지였다.

그러자 레이샤드가 살짝 머뭇거렸다. 내심 전쟁까지 염두에 두었던 폭풍의 용병단에게 아베론 영지의 치안을 부탁한다고 말하기 민망해진 것이다.

그런 레이샤드의 속마음을 읽은 것일까.

"폭풍의 용병단의 입장은 잘 알았어요. 그럼 알이 영주님을 대신해 아베론 영지의 상황을 설명할게요."

엘리자베스가 아르메스에게 눈짓을 주었다.

"영주님과 엘리자베스 님을 모시고 있는 아르메스라고 합니다."

아르메스가 폭풍의 용병단에게 자신을 집사인 것처럼 소개했다. 그러나 폭풍의 용병단의 기억 속에 알은 마정석을 설치해 마법진을 펼치려던 마법사로 인식되어 있었다.

하지만 아르메스는 그런 시선들을 깨끗이 무시해 버렸다. 엘리자베스를 따르는 마족들 중 전투 마족은 아스타로트와 라인하르트만으로도 충분했다. 굳이 자신까지 전투적인 성향으로 인식되고 싶지 않았다.

"여러분도 아베론 영지에 대해서 잘 알고 계실 겁니다. 그래서 아베론 영지에 대해 편견도 가지고 있을 줄 압니다. 그러나 여기 계신 영주님과 엘리자베스 님의 은혜로 아베론 영지는 빠르게 변화하고 있습니다."

아르메스는 아베론 영지의 변화 과정을 비교적 세세하게 설명했다. 이 자리에는 폭풍의 용병단뿐만 아니라 마지못해 레이샤드를 섬기는 유르스도 있었다. 그들을 아베론 영지에 대한 편견에서 벗어나게 하는 것이 자신에게 주어진 임무였다.

아르메스의 말투는 더없이 담담했다. 설명도 깔끔했다. 학자인 가르시아처럼 관련 지식을 쏟아내지도 않았고 달변가인 라인하르트처럼 말로 현혹시키려 하지도 않았다.

있는 그대로의 사실을 객관적인 관점에서 전달했다. 덕분에 폭풍의 용병단은 물론이고 유르스마저 아베론 영지를 다시 생각하게 되었다.

하지만 그렇다고 해서 아베론 영지가 당장 아르만 공작령처럼 대단해지는 건 아니었다.

"그러니까 영주님께서는 저희 용병단이 아베론 영지의 치안을 담당하길 원하신다는 말씀이신지요?"

안티몬이 확인하듯 물었다. 하지만 그의 눈빛은 안도감보다는 당혹감으로 물들어 있었다.

레이샤드가 전쟁을 위해 폭풍의 용병단을 끌어들이지 않는다는 건 분명 다행스러운 일이었다. 그러나 공작령이나 후작령 같은 대규모 영지도 아닌 아베론 영지에서 폭풍의 용병단을 고작 치안유지병으로 활용하려 한다는 사실은 별로 달갑지가 않았다.

물론 용병단은 시키는 일이면 무엇이든 다 하는 게 원칙이다. 제대로 보수를 받는다면 일정 기간 동안 군대를 대신해 치안과 방위 업무를 대행하는 경우도 있었다.

그러나 그건 어디까지나 대영지와 계약을 했을 때의 이

야기다. 아베론 영지같이 작은 곳에서 5천에 달하는 폭풍의 용병단을 감당할 수 있을지 의문이었다.

만일 예전 같았다면 레이샤드도 폭풍의 용병단의 규모에 적잖은 부담을 느꼈을 것이다. 아베론 영지의 사정을 고려했을 때 200명 전후의 D급 용병단이면 충분하다 느꼈을 것이다.

하지만 제국에 와서 아르만 공작가를 본 순간부터 레이샤드는 자신도 모르게 열망에 빠져들었다. 언젠가 아베론 영지를 아르만 공작령처럼 크고 부유하게 만들겠다는 욕심이 생긴 것이다.

그리고 그 욕심을 충족시키기 위해서는 일단 치안 안전이 우선이었다. 늘어나는 인구수에 맞춰 매번 새로운 용병단을 충원할 게 아니라면 폭풍의 용병단 전체를 끌어들이는 것도 과히 나쁜 방법이 아니었다.

"맞아."

레이샤드가 대번에 고개를 끄덕였다. 그 모습이 어찌나 단호해 보이던지 안티몬을 비롯한 세 용병이 당황할 정도였다.

"여, 영주님. 조금 전에 아베론 영지의 인구가 채 1만이 되지 않는다고 말씀하지 않으셨습니까?"

안티몬이 애써 침착함을 유지했다. 상대는 제국의 황자

이기 이전에 아직 어린 영주다. 어쩌면 어리다 보니 실무적인 감각이 다소 부족할지도 몰랐다.

아르메스는 아베론 영지의 인구가 5천을 헤아리는 수준이라고 말했다. 거기에 라미레스 후작령에서 5천의 인구를 추가로 받기로 했으니 머잖아 1만 명을 넘어설 것이라고 설명했다.

일개 영지의 인구가 1만 명이면 변방의 작은 남작령보다도 못한 수준이었다.

제국 학회에서 조사한 바에 따르면 대륙에 존재하는 남작령의 평균 인구수는 5만 정도다. 제국 남작령의 평균 인구가 8만, 주변 왕국 남작령의 평균 인구가 4만이었다.

아베론 영지의 인구는 왕국 남작령의 25퍼센트 수준에 불과했다. 그것도 라미레스 후작가의 인구가 계획대로 유입됐을 때의 이야기였다.

이런 상황에서 폭풍의 용병단 전원을 치안유지병으로 고용하겠다니. 미치지 않고서야 이런 계획을 세울 리 없었다.

"혹시 영주님께서는 용병단의 일부만 고용하실 생각이십니까?"

안티몬이 혹시나 싶어 다시 물었다. 생각해 보면 레이샤드는 폭풍의 용병단에게 빚을 갚으라고만 했다. 폭풍의 용병단 전체를 아베론 영지로 데려가겠다는 말은 하지 않왔다.

그런 안티몬의 질문이 어처구니없게 느껴진 것일까. 레이샤드가 실소하듯 웃음을 흘렸다.

"그 이야기는 무슨 뜻이지? 설마 날 계산조차 제대로 하지 못하는 어수룩한 영주로 본 거야?"

레이샤드의 눈매가 일순 싸늘해졌다. 덩달아 옆에 있던 엘리자베스의 표정도 굳어졌다.

"아, 아닙니다! 그럴 리가 있겠습니까!"

그러자 안티몬이 냉큼 몸을 엎드렸다. 엘리자베스의 말 한마디에 아스타로트가 움직인다는 사실을 용케도 눈치챈 것이다.

"내가 원하는 건 폭풍의 용병단 전원이야. 너희들의 수가 5천이라고 했던가? 그 많은 인원으로 무엇을 할지는 내가 결정할 문제야. 너희는 따라야 하는 거고."

레이샤드가 기세를 몰아 안티몬을 다그쳤다. 이 모든 게 엘리자베스로부터 사전에 조언받은 것이었지만 분위기 탓일까. 레이샤드는 과도하게 성난 군주의 모습에 빠져들어 버렸다.

그리고 놀랍게도 고작 열다섯 어린 영주가 내뱉는 한 마디 한 마디가 회의장의 공기를 무겁게 짓누르기 시작했다.

'어찌한다.'

안티몬은 슬쩍 고개를 돌렸다. 어지간한 문제라면 자신의 선에서 결정을 내리겠지만 폭풍의 용병단 전체를 고용하는 일은 세 용병의 의사를 확인할 필요가 있었다.

2

안티몬은 가장 먼저 라시아이언을 바라봤다.

라시아이언의 얼굴은 여전히 불만으로 가득 차 있었다. 하지만 그 불만이 폭풍의 용병단을 고용하겠다는 레이샤드를 향한 불만 같지는 않았다. 그보다는 이런 상황에서 아무것도 할 수 없는 스스로에 대한 불만처럼 보였다.

'하아…… 역시 이럴 땐 도움이 안 된다니까.'

속으로 한숨을 내쉬며 안티몬은 그 옆에 앉은 헤이나에게 시선을 옮겼다.

헤이나는 라시아이언과 달리 복잡한 표정을 짓고 있었다. 라시아이언처럼 화가 난 것 같기도 하고 묘한 호기심이 동한 것 같기도 했다. 원체 속을 알 수 없는 이종족 혈통이다 보니 솔직히 무슨 생각을 하는지 딱히 짐작되지도 않았다.

그나마 다행히도 헤이나는 라시아이언처럼 자신만의 감정에 빠져 있지 않았다. 안티몬의 눈길을 느끼고는 이내 고개를 끄덕이며 자신의 뜻을 전했다.

승낙.

안티몬도 가볍게 고개를 끄덕거렸다. 솔직히 그녀의 대답은 어느 정도 예상했던 바였다.

헤이나는 하프 엘프다. 그리고 엘프는 신뢰를 그 무엇보다 소중하게 여긴다.

레이샤드가 도움을 주겠다고 했을 때 분위기에 이끌리긴 했지만 폭풍의 용병단은 추후 레이샤드의 부탁을 들어주겠다고 약속했다. 그리고 레이샤드는 그 약속을 지키라고 말하고 있다. 그것도 자신들이 우려했던 전쟁에 끌어들이지 않는 선에서 말이다.

그렇다면 더 이상은 반박할 이유가 없었다. 아니, 레이샤드 덕분에 원치 않은 전쟁을 피하게 된 순간부터 명분은 저쪽으로 넘어간 것이나 마찬가지였다.

안티몬은 마지막으로 사이먼과 눈을 맞췄다. 그러자 사이먼이 기다렸다는 듯이 눈을 두 번 깜빡거렸다.

눈을 두 번 깜빡거린다는 건 승낙이라는 이야기다. 사이먼 역시 명분이 없다는 사실을 인정하고 만 것이다.

"후우……."

안티몬이 소리나지 않게 한숨을 내쉬었다. 이로서 세 용병의 뜻은 모아졌다. 라시아이언을 제외하고 모두 찬성. 여기에 자신의 찬성표를 더하면 라시아이언의 의견은 물을 필요가 없어진다.

그렇다면 이제 남은 건 실리를 따지는 것이다.

"영주님께서 폭풍의 용병단 전체를 고용하겠다고 하셨으니 정확한 계약에 대해 논했으면 좋겠습니다."

안티몬이 조심스럽게 입을 열었다. 레이샤드 덕분에 큰 화를 면하긴 했지만 공은 공이고 사는 사다. 그렇다고 폭풍의 용병단이 레이샤드를 평생 섬길 수도 없는 노릇이었다.

그러자 레이샤드가 가볍게 고개를 끄덕였다. 그러고는 시립해 대기 중인 아르메스를 바라봤다.

"알, 시작해요."

"알겠습니다. 영주님."

순간 안티몬의 얼굴에 긴장감이 번졌다. 상대가 어린 영주가 아니라 조금 전 똑부러지게 아베론 영지의 상황을 설명했던 아르메스라면 협상이 쉽지 않을 것이라는 걸 본능적으로 느낀 것이다.

"원하시는 바를 말씀하십시오."

아르메스가 안티몬에게 먼저 기회를 주었다. 마음만 먹으면 지금이라도 안티몬은 물론이고 폭풍의 용병단 전원이 입도 뻥긋 못 할 완벽한 제안을 내놓을 수 있지만 그랬다간 이런 자리를 만든 것 자체가 무의미해질 터였다.

"머, 먼저 계약 기간에 대해 말씀해 주셔야 합니다만… 일단 저희가 생각하는 건…….''

안티몬이 레이샤드와 엘리자베스의 눈치를 살피며 말을 이었다. 본래 계약을 원하는 쪽에서 계약 기간과 계약 금액을 먼저 제시하고 그 다음 조율을 하는 게 일반적인 관례였지만 상대가 그 관례를 무시했다고 해서 고압적으로 굴 처지가 아니었다.

안티몬은 장황한 설명 대신 정확한 요구 사항을 말했다.

"폭풍의 용병단 전원과 1년 계약 시 저희 측에서 바라는 금액은 총 100만 골드입니다."

순간 레이샤드의 눈동자가 살짝 커졌다. 예상을 상회하는 금액에 다소 놀란 것이다.

아니 100만 골드라는 금액 앞에 태연할 수 있는 이는 대륙에 많지 않았다. 실제 아르만 공작도 폭풍의 용병단에서 제시한 100만 골드라는 금액을 선뜻 받아들이지 못했다. 그래서 이런저런 조건들을 제시하고 변경한 끝에 70만 골드 선에서 계약을 채결했다.

게다가 그 금액도 아직 폭풍의 용병단에 지급하지 않았다. 계약금의 20퍼센트를 먼저 주고 계약 종료 시 50퍼센트, 그리고 추후 3년간 나머지 10퍼센트씩을 지급하기로 약속했기 때문이다.

제국 북동부에서는 남부러울 것 없는 아르만 공작도 100만 골드 앞에서는 소심해질 수밖에 없었다. 하물며 이제 열다섯인 레이샤드가 100만 골드를 아무렇지도 않게 받아들이는 건 무리였다.

'역시 어렵겠지.'

안티몬은 레이샤드의 반응을 십분 이해했다. 그리고 내심 레이샤드가 먼저 앓는 소리를 하길 원했다.

폭풍의 용병단을 전체 고용할 수 있는 건 최소 공작령 이상을 가진 귀족이어야만 했다. 제국 통계에 따르면 공작령의 1년 평균 세입은 200만 골드 수준이다. 규모에 따라 다소 차이는 있겠지만 아르만 공작령의 세입도 300만 골드를 넘지 않는 것으로 알려졌다.

거둬들인 세입 중 영지 발전을 위해 소비되는 세금은 대략 80퍼센트 수준. 어느 공작령이 100만 골드를 추가로 지출하기 위해서는 적어도 3년간 알뜰하게 살림을 꾸려야만 가능한 셈이다.

하지만 레이샤드의 동요는 오래 가지 않았다.

3

'100만 골드라면······.'

포션의 수입 덕분일까. 레이샤드는 얼마 지나지 않아 마음 편히 계산을 시작할 수 있었다.

포션 판매로 발생하는 수입은 1년에 어림잡아 1,000만 골드다. 아돌프는 그 정도면 여느 공작령 세 개를 합친 것보다 많다고 했다. 그 정도면 폭풍의 용병단을 100만 골드로 고용하는 것도 불가능한 일은 아니었다.

"레이."

엘리자베스가 가볍게 레이샤드의 손을 잡았다. 100만 골드라는 금액 때문에 아르메스도 레이샤드의 답을 기다리고 있었다.

"계속 진행하세요."

레이샤드가 냉큼 대답했다. 고작 100만 골드가 없어서 폭풍의 용병단에게 약한 모습을 보이고 싶진 않았다.

'계속··· 진행하라니?'

순간 안티몬이 눈을 치떴다. 말이 좋아 100만 골드지 그역시도 지금껏 100만 골드나 되는 재화를 구경해 본 적이 없었다. 그런데 협상을 계속 진행하라니. 아무것도 모르는 영주의 판단으로 인해 아베론 영지가 거덜 나게 될지도 몰랐다.

그러나 그런 안티몬의 걱정은 기우에 불과했다. 아르메스가 레이샤드의 답을 기다렸던 것도 형식적인 것일 뿐 100만 골드가 부담스러워서는 아니었다.

만약 아베론 영지가 갑작스러운 재앙으로 인해 망하고 재정이 파탄 난다면 아마 엘리자베스가 나서서 어떻게든 돈을 만들 것이다. 물론 마신들의 사랑을 받는 엘리자베스가 있는 이상 아베론 영지가 그런 식으로 망할 일은 없겠지만 말이다.

"폭풍의 용병단의 요구 조건은 충분히 이해했습니다. 대륙의 관례로 봤을 때 과한 요구라고 생각되지도 않습니다."

레이샤드를 대신해 아르메스가 답을 주었다. 100만 골드라는 금액 자체만 놓고 보자면 지나치게 과한 요구 같았지만 폭풍의 용병단의 전력을 감안한다면 적당한 수준이었다.

본래 레이샤드는 200명 규모의 D급 용병단을 월 100골드 수준에 고용하려고 했다. 그것도 D급 용병이 대부분인 용병단을 말이다.

레이샤드가 500명 규모의 C급 용병단을 고용하겠다고 했다면 그 비용은 5배로 늘어난다. 용병단의 규모도 2.5배였지만 그 속에 포함된 C급 용병의 숫자가 전체적인 계약 금액을 높이는 것이다.

같은 방식으로 1,000명 규모의 B급 용병단은 월 1,500골드 정도. 2,000명 규모의 A급 용병단은 연 10만 골드(월 6,250골드, 1년은 16개월) 정도였다. 이 기준만 놓고 보자면 5,000명 규모의 S급 용병단에 A급 용병을 셋이나 보유한 폭풍의 용병단이 연 100만 골드를 요구한다고 해서 특별히 지나쳐 보이지는 않았다.

하지만 이 금액을 곧이곧대로 내줄 수는 없는 노릇이다.

아르만 공작이 폭풍의 용병단을 고용한 건 아단 산맥 너머에 들끓고 있는 몬스터들을 퇴치하기 위해서였다. 그리고 몬스터 퇴치는 용병단에서 전쟁 다음으로 고된 일이었다.

반면 폭풍의 용병단이 아베론 영지에서 할 일은 치안 유지다. 게다가 아베론 영지는 전쟁 걱정이 없는 곳이었다.

아베론 영지는 북쪽으로는 차디찬 마기가 벽처럼 두르고 있고 남쪽은 세 왕국의 경계에 있다. 그러나 세 왕국 중 누구도 아베론 영지를 통해 이득을 얻을 생각이 없었다. 오히려 아베론 영지가 이대로 무너지면 어쩌나 전전긍긍하는 상황이었다.

폭풍의 용병단도 아베론 영지에서 치안을 유지한다는 게 생각만큼 어려운 일이 아니라는 점을 누구보다 잘 알고 있었다. 아베론 영지가 마기에 휩싸여 있다는 불안감이 없지 않겠지만 그 정도의 환경은 용병들에게 대단할 게 없었다.

그런 점을 아르메스는 간과하지 않았다.

"다만 위험도만 놓고 봤을 때 제안하신 100만 골드는 지나쳐 보입니다."

아르메스가 간간한 목소리로 말했다. 자연스럽게 안티몬의 얼굴에 긴장감이 더해졌다.

안티몬도 아르메스가 이런 지적을 할 것이라고 어느 정도는 예상하고 있었다. 그래서 최악의 상황까지 예상을 해놓고 있었다.

'대체 얼마를 깎으려는 걸까.'

안티몬이 불안한 눈으로 아르메스를 바라봤다.

사실 다른 때 같았다면 이렇게까지 걱정되지는 않았을 것이다. 본래 협상이란 서로의 의견 차이를 줄이는 게 목적이었다. 어느 한 쪽의 일방적인 주장을 관철시키기 위한 게 아니었다.

그래서 안티몬은 늘 최상의 조건과 양보 가능한 조건을 염두에 두고 협상에 임했다. 그리고 상대가 양보 가능한 조건 이상의 양보를 원할 경우 깨끗이 협상을 종결시켰다.

폭풍의 용병단을 원했지만 고용 비용에서 이견을 보여

포기한 의뢰인은 셀 수 없을 만큼 많았다. 하지만 폭풍의 용병단이 A급 용병단을 넘어 선 시점부터 안티몬은 그런 상대를 단 한 번도 아쉬워하지 않았다. 오히려 그런 상대는 일찌감치 떨어져 나가 주길 바랐다. 그래야만 제대로 된 의뢰인에게 기회가 갈 수 있다고 판단했기 때문이다.

하지만 지금의 상황은 달랐다. 레이샤드는 그저 운이 좋아서 폭풍의 용병단을 고용할 기회를 얻은 의뢰인이 아니다. 폭풍의 용병단이 최우선적으로 거래해야 할 의뢰인이었다.

이런 경우 의뢰인의 주장을 최대한 받아들여 계약을 성사시키는 게 업계의 관행이었다. 그렇다 보니 안티몬도 아르메스가 얼마나 가격을 후려칠 것인지에 대한 걱정으로 심장이 두근거리다 못해 벌렁거렸다.

만약 이 협상이 단순히 아르메스 개인의 거래였다면 그는 필시 수단과 방법을 가리지 않고 안티몬을 절망 속에 빠뜨렸을 것이다. 그러나 이 거래는 아베론 영지의 첫 번째 용병 고용 계약이었다. 그리고 그 사실은 대륙에 널리 알려질 터였다.

그렇다면 터무니없는 가격으로 폭풍의 용병단을 부려먹는다는 인식을 심어주어서는 안 된다.

아베론 영지에 필요한 게 폭풍의 용병단뿐이라면 아르메

스도 레이샤드를 설득시켰을 것이다.

그러나 아베론 영지에는 폭풍의 용병단 뿐만 아니라 수많은 인재와 인력이 필요했다. 그들이 아베론 영지를 불신할 만한 계약을 밀어붙인다는 건 장기적인 관점에서 손해일 수밖에 없었다.

"그러나 레이샤드 영주님께서는 제게 폭풍의 용병단의 조건을 최대한 수용하라 말씀하셨습니다."

아르메스가 레이샤드를 들먹이며 말했다. 순간 잔뜩 긴장했던 안티몬의 입에서 안도의 한숨이 흘러나왔다.

4

레이샤드가 폭풍의 용병단 전체를 연 100만 골드에 고용할 수 있을 것인가는 그가 신경 쓸 문제가 아니었다. 폭풍의 용병단은 100만 골드를 받고, 그에 따른 봉사를 하면 그만이었다.

그 과정에서 약속된 고용 비용이 지급되지 않는다면 언제든지 계약은 파기될 수 있었다. 물론 레이샤드에게 진 빚이 적지 않으니 어느 정도까지는 참고 넘어가겠지만 그 정도가 과하면 서로 인상을 찌푸리지 않는 선에서 계약을 마무리할 수 있을 것 같았다.

'대략 반 년. 그 정도만 버티면 되겠지.'

안티몬은 한 발 앞서 계약 기간까지 계산했다. 아베론 영지의 상황을 고려했을 때 초반에 받을 수 있는 계약금은 많아야 5만 골드 내외일 것이다.

그 정도면 한 달 못 되는 기간의 고용 비용밖에 되지 않았다. 거기서 한 푼도 못 받는다 하더라도 안티몬은 7개월을 더 머무를 생각이었다. 레이샤드에게 빚진 금액을 감안했을 때 그 정도가 적당하다고 여긴 것이다.

하지만 안티몬의 계산 방식은 아르메스와 차이가 있었다.

"100만 골드에 대해서는 계약 채결 시 50만 골드, 1년 계약 완료 시 50만 골드를 분할하여 지급하겠습니다."

아르메스가 계약과 함께 50만 골드의 선금을 지급하겠다고 말하자 안티몬의 눈빛이 달라졌다. 솔직히 선금을 받지 못할지도 모른다고 걱정했는데 50만 골드라니. 그 정도 금액이라면 잔금을 받지 않는다 해도 1년의 계약 기간을 꽉 채워야 할 것 같았다.

게다가 아르메스가 있지도 않은 돈을 가지고 허언을 할 것 같지는 않았다. 어쩌면 라미레스 후작가로부터 상당한 보상금을 챙겼을지도 모를 일이었다.

"그, 그렇다면 계약 기간은 얼마나……."

안티몬이 말끝을 흐렸다. 아베론 영지에서 봉사하는 기간을 최대 반 년(1년은 16개월) 정도 예상했었는데 이런 식이라면 1년 그 이상도 감안해야 할 것 같았다.

"그것은 폭풍의 용병단의 내부 평가 결과에 따라 추가로 계약을 진행하도록 하겠습니다. 또한 내부 평가 결과가 좋다면 계약금을 상향 조정하도록 하겠습니다."

아르메스가 대수롭지 않게 대답했다. 폭풍의 용병단이 제아무리 S급 용병단이라 하더라도 그들의 일 처리가 아베론 영지와 잘 맞는다는 보장은 어디에도 없었다. 어쩌면 폭풍의 용병단이 기대 이하의 활약을 할지도 모르는 일. 그렇다면 최대 1년 단위로 계약을 이행하는 게 합리적으로 보였다.

거기에 더해 폭풍의 용병단이 기대 이상의 활약을 보인다면 추가 계약금을 지불하겠다고까지 했다. 이 정도라면 협상의 귀재라 불리는 안티몬이라 하더라도 반박의 여지가 없을 터였다.

"그렇게까지 말씀하신다면… 알겠습니다."

예상대로 안티몬이 선선히 고개를 끄덕였다. 안티몬뿐만 아니라 라시아이언과 헤이나, 사이먼 또한 파격적인 조건에 놀라는 눈치였다. 설마하니 레이샤드가 자신들의 요구를 들어줄 것이라고는 예상하지 못한 것이다.

솔직히 이 정도 조건이라면 의뢰인이 레이샤드가 아니라 제국 황실이라 하더라도 마음이 흔들릴 수밖에 없었다. 전쟁 같은 전투적인 역할과 치안 같은 비전투적인 역할은 비용 자체가 달랐다. 전쟁에 참여하면 보다 많은 돈을 벌 수 있지만 최악의 경우 목숨을 잃을 가능성이 높았다. 반면 치안 유지군의 경우 특별한 일이 없는 한 죽을 일은 없었다.

사람의 목숨에 값을 매기기란 불가능하겠지만 용병들 중 누구도 죽기를 원하지 않았다. 차라리 돈 한 푼 못 받더라도 살아 돌아가기를 원했다.

그런데 치안 유지군으로 활용하면서 전쟁 참여에 맞먹는 금액을 지불하겠다니. 폭풍의 용병단으로서는 마다할 이유가 하나도 없는 셈이었다.

'내가 너무 상대를 과대평가한 걸까?'

안티몬이 아르메스를 바라보며 살짝 웃어 보였다. 상대를 지나치게 과대평가한 탓에 긴장감이 온몸을 억눌렀는데 이제 보니 아직 실무 경험은 떨어지는 모양이었다.

하지만 애석하게도 아르메스의 협상은 아직 다 끝난 게 아니었다.

"자, 그럼 이제부터 폭풍의 용병단에서 배상해야 할 금액에 대해 논하겠습니다."

아르메스의 말과 함께 회의장의 분위기가 바뀌었다. 안티몬이 깜짝 놀라 소리치려 했지만 그때는 이미 아스타로트와 라인하르트의 눈매가 심상찮게 변한 뒤였다.

"배, 배상이라 하심은……."

잦아들었던 안티몬의 심장이 다시 쿵쾅거리기 시작했다. 그러자 아르메스가 슬며시 입가를 비틀어 올렸다.

"폭풍의 용병단은 얼마 전까지만 해도 최악의 상황에 빠져 있었습니다. 바람 부족과 라미레스 후작가를 상대로 전쟁을 할 수도 없고, 그렇다고 아르만 공작가에 막대한 배상금을 물어줄 수도 없는 상황이었지요."

아르메스의 말처럼 폭풍의 용병단은 전쟁의 소용돌이 한 가운데 끼어 있었다. 만일 그때 레이샤드가 조금만 늦게 움직였다면 폭풍의 용병단은 전쟁과 막대한 배상금 둘 중에 하나를 선택해야 하는 처지에서 벗어나지 못했을 것이다.

그런 폭풍의 용병단을 구원해 준 것이 다름 아닌 레이샤드였다. 레이샤드가 초혼 마법을 통해 사건의 범인을 알아내지 않았다면 지금쯤 아단 산맥이 전쟁터로 변했을 것이다.

어디 그뿐인가. 레이샤드는 직접 바람 부족장인 라힘달과 아르만 공작을 설득했다. 설사 범인을 알아냈다 하더라도 전쟁 직전까지 내달렸던 양측을 진정시킬 가능성은 없다시피 한 상황에서 말이다.

이 모든 게 레이샤드의 덕이었다. 그리고 폭풍의 용병단은 그 덕분에 자유를 되찾게 되었다.

'그런… 뜻이었나.'

안티몬은 그제야 아르만 공작가에서 받았던 서신의 내용을 이해할 수 있었다.

5

전쟁의 우려가 사라졌지만 그렇다고 해서 폭풍의 용병단과 아르만 공작가 간의 계약마저 끝이 난 건 아니었다. 아르만 공작가는 아단 산맥의 몬스터 퇴치 및 그와 관련된 위험에 대비하는 차원에서 폭풍의 용병단을 고용했다. 그리고 이번 전쟁의 기운은 넓은 의미로 봤을 때 관련된 위험에 포함되는 것이었다.

따라서 폭풍의 용병단은 일방적으로 계약을 해지할 수 있는 입장이 아니었다. 그렇다고 전쟁 직전까지 내몰렸던 제국 북동부에 계속 남아 있고 싶지도 않았다.

그래서 안티몬은 용병을 통해 아르만 공작에게 적당한 선에서 계약을 종료해 줄 것을 요청했다. 레이샤드의 활약이 크긴 했지만 그전까지 아르만 공작가와 바람 부족을 중재했던 게 폭풍의 용병단인 만큼 아르만 공작도 어느 정도 호의를 베풀어 줄 것이라 기대했다.

그러나 아르만 공작가에서 온 대답은 예상과 달랐다.

제44장

인정받다 Part 4

1

이번 계약과 관련된 모든 권한은 레이샤드 황자님께 있다.

안티몬은 아르만 공작가의 계약을 레이샤드가 대신 이어
받겠다는 뜻으로 이해했다. 그래서 세 용병과 함께 레이샤
드와 담판을 지으러 바람 부족을 찾아온 것이다.

하지만 아르만 공작이 하려던 말은 그것이 아닌 모양이
었다.

이번 계약과 관련된 모든 권한은 레이샤드에게 있다.

말 그대로 레이샤드에게 계약에 대한 전권을 위임했다는

소리였다.

　그리고 레이샤드는 그 권한을 다시 아르메스에게 일임했다. 그래서 아르메스가 감히 보상을 운운할 수 있는 것이었다.

　"비록 레이샤드 영주님 덕분에 전쟁을 피할 수 있었다 하더라도 아르만 공작가와 폭풍의 용병단 사이의 계약이 이대로 끝이 난 건 결코 아닙니다."

　"……!"

　"그리고 폭풍의 용병단은 아르만 공작가와의 계약대로 향후 1년간 아단 산맥에 머무르며 몬스터 퇴치에 최선을 다해야 합니다."

　아르메스가 기본적인 계약 사항을 일렀다. 순간 안티몬을 비롯한 세 용병의 얼굴이 딱딱하게 굳어졌다.

　그들도 배상금을 물지 않기 위해서는 아르만 공작가와의 계약을 이행해야 한다는 사실을 알고 있었다. 하지만 처음 계약했을 시점과는 상황이 너무도 변해 있었다.

　최근 들어 흉포해지긴 했지만 아단 산맥을 내려오는 몬스터의 규모는 아르만 공작가가 충분히 감당하고도 남을 정도였다. 폭풍의 용병단도 그렇게 알고 있었다. 아르만 공작가의 정보는 물론이고 여러 정보 길드의 정보를 종합해 내린 판단이었다.

그렇게 내린 아단 산맥 몬스터 퇴치의 의뢰 등급은 A등급. A급 용병단 수준에서 처리가 가능하다는 이야기였다.

설사 몬스터들의 수가 예상보다 많다 하더라도 S등급을 넘을 것 같지는 않았다. 하지만 뒤늦게 밝혀진 정보를 취합한 결과 아단 산맥의 몬스터 규모가 아르만 공작가가 전력을 다할 수준이라는 게 새롭게 밝혀졌다.

게다가 그 배후에는 라미레스 후작가와 연관된 정체 모를 흑마법사가 있다는 소문이 파다했다. 이런 상황에서 계약을 이행한다는 건 너무나도 어리석은 짓이었다.

실제로 1년의 계약 기간을 이행할 경우 5천 병력 중 절반 이상의 손실을 감안해야 한다는 내부 결과가 나왔다. 물론 피해에 따른 보상금은 계약에 따라 별도로 지급받겠지만 그보다 피해 규모로 인한 폭풍의 용병단의 규모 축소가 더 큰 문제였다. 제국에서 내로라하는 용병단들을 뛰어넘는 어마어마한 규모를 자랑하던 폭풍의 용병단이 이번 의뢰로 인해 평범한 A급 용병단 수준으로 전락해 버릴지도 모르는 것이다.

만약 그렇게 될 경우 폭풍의 용병단은 한동안 용병 시장에서 제대로 된 대우를 받지 못할 가능성이 컸다.

2천 명 규모의 A급 용병단은 1년 단위 계약 시 10만 골드 전후에서 계약이 이루어진다. 반면 폭풍의 용병단은 그 10배

를 받아왔다. 5천명이라는 규모도 규모지만 A급 용병 세 명
이 포함된 유일한 용병단이기 때문이다.

그런데 이번 몬스터 토벌에서 용병단의 규모가 절반 이
하로 줄어든다면? 상상하기도 싫지만 세 A급 용병 중 하나
이상이 다치거나 죽는다면?

지금까지 쌓았던 명성은 물거품이 될 것이다. 뿐만 아니
라 지금껏 물심양면으로 지원해 줬던 성녀의 기대를 제대
로 저버리게 될 것이다.

그래서 안티몬은 세 용병과 함께 의뢰 포기를 결정했다.
그리고 그 이야기는 아르만 공작가에서 너그럽게 받아 준
것이라고 앞서 생각했다.

하지만 계약에 대한 전권이 레이샤드에게 넘어간 것이라
면 이야기는 달라진다.

"지금이라도 계약을 이행하겠다면 말리지는 않겠습니
다. 다만 아베론 영지와도 계약에 대한 협의가 이루어졌으
니 폭풍의 용병단을 둘로 나눠야 할 겁니다."

아르메스가 냉정한 목소리로 말했다. 아르만 공작가와의
계약은 아직 이행 상태고 아베론 영지와 새로 계약을 했으
니 양쪽 모두를 충족시키기 위해서는 용병단을 둘로 나눌
수밖에 없었다.

하지만 그랬다간 아르만 공작령에 남아 있는 용병단은

전멸을 면키 어려울 것이다. 그렇다고 조금 전에 계약에 합의한 아베론 영지와의 계약을 이대로 물릴 수도 없었다.

"아르만 공작가와의 계약을 포기하면… 어떻게 됩니까?"

안티몬이 떨리는 목소리로 물었다. 아르만 공작가와의 계약이 걸린 상황에서 폭풍의 용병단은 철저히 약자일 수밖에 없었다.

그나마 바랄 수 있는 최선은 레이샤드가 계약 위반에 따른 위약금을 최소한으로 줄여주는 것이었다. 그러나 아르메스는 그럴 생각이 전혀 없었다.

"아르몬 공작가에서 받은 계약 증서에 따르면 1년간의 계약금으로 70만 골드를 받기로 한 것으로 나와 있습니다. 계약서 상의 위반 조항에 따르면 어느 한 쪽의 일방적인 계약 불이행의 경우 계약 금액의 5배를 보상한다고 나와 있고요."

아르메스가 친절하게 계약서의 내용을 일러주었다. 그 내용을 안티몬이 모를 리 없었지만 우회적으로 원칙대로 진행하겠다는 뜻을 분명하게 했다.

'젠장.'

안티몬이 입술을 질근 깨물었다. 아르메스의 말대로라면 폭풍의 용병단은 총 350만 골드를 배상해야만 하는 셈이다.

350만 골드면 아르만 공작가의 한 해 세입보다도 많은 금액이다. 그리고 집단 거주지를 운영하고 있는 폭풍의 용병단의 입장에서는 결코 감당할 수 없는 금액이었다.

용병 사회에서 가정을 이룬 용병들은 대부분 가족을 안전한 곳에 놔두고 용병 활동에 참여하고 있다. 가끔 가족을 데리고 다니는 용병들도 있었지만 안전을 보장받을 수 없는 용병 생활에서 결코 바람직한 결정은 아니었다.

폭풍의 용병단은 규모만 5천 명인 대규모 용병단이었다. 이들이 제때 움직이기 위해서는 무엇보다 가족들의 안전이 최우선이었다.

그래서 폭풍의 용병단은 성녀의 지원을 받아 용병들의 가족을 한곳에 이주시켰다. 그리고 그곳에서 성녀의 보호를 받으며 생활하도록 했다.

그렇다 보니 벌어들이는 수입 중 상당액이 가족들에게 돌아갔다. 물론 위약금이 생길지 모르는 만약의 상황에 대비해 어느 정도 계약금을 저축해 놓긴 했지만 350만 골드에는 턱없이 부족한 상황이었다.

게다가 위약금이 350만 골드로 끝날 것 같지도 않았다.

아르만 공작가는 계약금을 줄이는 대신 초기 주둔지 구축 및 생필품 조달 등을 지원하기로 약속했다. 그에 따른 비용만 10만 골드를 헤아렸다.

아르메스가 언급하지 않았지만 계약을 무효로 돌리려면 그에 따른 위약금도 함께 지불해야 옳았다.

그렇게 될 경우에는 400만 골드다. 폭풍의 용병단이 4년간 100만 골드에 계약을 한다고 하더라도 그 금액을 고스란히 위약금으로 물어야만 하는 처지였다.

"내가 이래서 제국 놈들하고는 계약을 하지 말자고 했잖아!"

위약금 이야기가 나오자 라시아이언이 언성을 높였다. 정확하게 얼마나 물어야 하는지 짐작조차 되지 않는 상황이다 보니 더욱 화가 났다.

"하아."

물욕에 별다른 관심이 없는 헤이나도 무겁게 한숨을 내쉬었다. 그녀가 용병 활동을 통해 벌어들이는 수익 대부분은 성녀가 돌봐주는 엘프들을 위해 쓰이고 있었다. 대부분이 대륙의 노예 상인들에게 붙들려 온 불쌍한 아이들이거나 하프 인종으로 멸시를 받으며 고통 속에 살아온 이들이었다.

그나마 다행인 건 한동안 수입이 끊긴다 하더라도 성녀의 성격상 불쌍한 엘프 아이들을 나 몰라라 하지는 않을 것이라는 점이다.

반면 사이먼은 달랐다. 다른 때 같았다면 라시아이언보

다 더 민감하게 굴었겠지만 이번만큼은 입을 꾹 다물었다.

아르메스가 이 시점에서 굳이 위약금 이야기를 꺼낸 이유가 있을 것이다. 만약 폭풍의 용병단을 돈 한 푼 주지 않고 부려먹으려 했다면 추후 계약서를 작성한 다음에 뒤통수를 쳐도 상관없었다. 오히려 그렇게 하면 계약 위반에 이중 계약까지 위약금을 몇 곱절 더 받아 챙길 수도 있었다.

사이먼은 아르메스가 분명 다른 꿍꿍이가 있을 것이라고 확신했다. 그런 사이먼의 시선을 느낀 것일까. 아르메스가 다시 입가를 비틀어 올렸다.

"물론 그 많은 위약금을 받을 생각은 없습니다. 아베론 영지가 그 정도로 궁핍한 영지도 아니고요. 무엇보다 폭풍의 용병단은 이번 사건 해결에 최선을 다했습니다. 다만 능력이 부족했고 운이 없었지요."

아르메스가 흥분한 폭풍의 용병단을 다독였다. 물론 그 말투가 진심으로 폭풍의 용병단을 위하는 것처럼 느껴지진 않았지만 위약금을 받지 않겠다는 것만으로도 라시아이언의 불만은 쏙 들어갔다.

"그럼 저희가 어떻게 해야 합니까?"

안티몬이 마른침을 꿀꺽 삼켰다. 위약금을 받을 생각이 없다고 해서 위약금을 전액 면제해 주겠다는 뜻은 아닐 것이다. 위약금을 대체할 다른 제안을 하겠다는 소리였다.

그러자 아르메스가 웃음기 어린 얼굴로 대답했다.

"계약 기간 동안 폭풍의 용병단의 가족을 저희 영지에서 수용하고자 합니다."

"……!"

갑작스러운 아르메스의 제안에 안티몬은 물론이고 라시아이언과 헤이나, 사이먼의 표정이 달라졌다.

"그, 그러니까 저희를 영지민으로 받아들이실 생각이라는 말씀이십니까?"

안티몬의 목소리가 파르르 떨렸다. 설마하니 아르메스가 이런 말도 안 되는 제안을 하리라고는 예상하지 못한 모양이었다.

제국은 그동안 수없이 폭풍의 용병단을 압박하고 회유해왔다. 목적은 대륙 최고의 용병단을 제국의 용병 길드에 가입시키기 위해서였다.

그러나 그건 어디까지나 명목적인 이야기였다. 제국의 진짜 목적은 폭풍의 용병단의 거주지를 제국으로 옮기는 것. 그래야만 추후 감히 제국에게 검을 겨누지 못할 것이기 때문이었다.

그래서 폭풍의 용병단은 거주지를 대륙 중부의 자유도시 프리아에 숨겨 놓고 있었다. 자유 무역의 거점 도시인 프리아라면 제아무리 제국이라도 어쩌지 못할 것이라는 판단에서였다.

그런데 그 거주지를 아베론 영지로 옮기라니. 그건 폭풍의 용병단을 이대로 집어삼키겠다는 말이나 다를 바 없었다.

그런 안티몬의 오해는 충분히 이해 가능한 일이었다. 레이샤드도 처음 엘리자베스에게 그 이야기를 들었을 때 적잖은 우려를 했던 게 사실이었다.

하지만 이어지는 엘리자베스의 한마디에 레이샤드도 욕심을 부릴 수밖에 없었다.

"레이, 폭풍의 용병단에게 아베론 영지가 충분히 살기 좋은 곳이라는 걸 보여줘요. 그리고 그들이 자발적으로 아베론 영지에서 살고 싶다는 생각을 갖도록 만들어요. 그렇게만 한다면 레이는 대륙 최고의 용병단의 주인이 될 수 있어요."

엘리자베스는 가족들을 협박해 폭풍의 용병단을 강제적으로 구속하라고 말하지 않았다. 오히려 레이샤드가 좋은 영주이며 아베론 영지가 다른 영지들보다 좋은 곳이라는 사실을 직접 느끼게 만들라고 조언했다.

그것은 레이샤드에게 또 다른 도전이나 마찬가지였다. 아베론 영지에 묶여 있던 레이샤드가 제국으로 향한 것처럼 말이다.

2

"명심하여라. 사람을 얻는 건 결코 쉬운 일이 아니다."

죽은 하르베스 폐황태자는 틈만 나면 레이샤드에게 인재의 중요성을 역설했다. 그리고 사람을 얻으려면 먼저 그들의 마음부터 얻어야 한다고 말했다.

만약 아베론 영지가 지금보다 훨씬 살기 좋은 곳이라면 아마 레이샤드도 좀 더 자신 있게 폭풍의 용병단을 설득했을 것이다. 그러나 지금 아베론 영지는 막 알을 깨고 부화하려는 시점이었다. 그리고 이 시기에 가장 중요한 게 치안이었다.

어떻게든 폭풍의 용병단을 아베론 영지로 끌어들인다면 대륙의 시선이 달라질 것이다. 마기에 대한 불안감이 없지 않겠지만 그곳을 대륙 최고의 용병단인 폭풍의 용병단이 지키고 있으니 최소한의 신뢰를 가지게 될 것이다.

엘리자베스가 굳이 다른 용병단을 놔두고 아베론 영지가 감당하기 어려울 만큼 규모가 큰 폭풍의 용병단을 선택한 이유도 거기에 있었다.

최소한의 안전장치.

바로 그 역할을 폭풍의 용병단이라는 이름이 해줄 것이다.

"오해하지 마십시오. 레이샤드 영주님께서는 폭풍의 용병단을 반강제적으로 영주민으로 삼으시려는 게 아닙니다. 그보다는 폭풍의 용병단이 보다 안정적으로 영지 치안을 위해 노력할 수 있도록 환경을 만들어주고 싶으신 것입니다."

레이샤드를 대신해 아르메스가 부연 설명을 했다. 본래라면 레이샤드의 몫이겠지만 아직 그는 거친 용병들을 상대할 만큼 성숙하지 않았다.

게다가 용병들을 직접 상대하는 건 나중에 그들의 신뢰를 받은 후에 해도 늦지 않았다. 지금은 레이샤드가 그 어떤 진심을 보인다 한들 가식이라 여길 터. 그렇다면 차라리 능수능란한 아르메스가 대신하는 편이 나았다.

"조금 더 자세히 말씀해 주시겠습니까?"

지나치게 긴장한 안티몬을 대신해 사이먼이 다시 입을 열었다. 말은 하지 않았지만 안티몬은 자신의 판단 착오로 인해 폭풍의 용병단에게 큰 손해를 끼쳤다며 자책하고 있었다. 그런 그에게 추가 협상을 맡겼다간 어떻게든 손해를 만회하려고 발버둥 치다 자멸하고 말 터였다.

분명 안티몬은 좋은 행정가이며 협상가였다. 그러나 그

건 어디까지나 상대가 평범한 대상일 때의 이야기였다.

사이먼의 눈에 아르메스는 안티몬보다 몇 수 위의 협상가였다. 게다가 그의 몸에서 느껴지는 짙은 마나의 향기는 자신과 같은 마법사임을 알려주고 있었다.

라인하르트보다는 못하지만 아르메스의 실력도 무시할 수 없을 정도였다. 어쩌면 자신보다 강할지도 몰랐다.

그런 마법사가 굳이 말로써 자신들을 설득시키려는 건 폭풍의 용병단을 강압하지 않겠다는 소리였다.

'우리의 마음을 얻을 자신이 있단 소리일 테고.'

사이먼은 도대체 아르메스가, 아니, 레이샤드가 아니, 아베론 영지가 어떤 준비를 하고 있는지 궁금해졌다. 대체 얼마나 준비를 하고 있기에 3만이 넘는 폭풍의 용병단의 전 가족을 받아들이려는지 의구심이 들었다.

그러자 아르메스가 사이먼의 속내를 읽기라도 한 듯 입을 열었다.

"레이샤드 영주님이 걱정하시는 건 폭풍의 용병단이 오랫동안 가족을 만나지 못하게 되는 것입니다. 앞서 말씀드렸듯 계약은 1년 단위이지만 레이샤드 영주님은 폭풍의 용병단과 오랫동안 좋은 인연을 맺기를 원하고 계십니다. 적어도 아베론 영지가 자립적으로 치안을 안정화시킬 수 있을 때까지 말이죠. 그러려면 어림잡아 2년 이상의 시간이 필요할 겁니다. 레이샤드 영주님은 그 기간 동안 폭풍의 용병단이 가족을 보지 못하게 되는 걸 안타깝게 생각하고 계십니다."

아르메스가 레이샤드의 깊은 속내를 대변했다. 실제로 레이샤드는 엘리자베스 앞에서 대부분의 용병단이 가족과 떨어져 생활하는 걸 안타까워했다.

가족과 멀어지면 아무래도 삶이 피폐해질 수밖에 없다. 그것이 용병들의 운명이라고는 하지만 가능하다면 가족과 함께 머무르는 게 백번 나은 일이었다.

그런 점에서 사이먼도 원론적으로는 레이샤드의 배려를 충분히 이해하고 고맙게 여겼다. 다만 그 배려가 추후 폭풍의 용병단을 쥐고 흔들려는 횡포로 돌아서지는 않을까 걱정하는 것이다.

"말씀은 고맙습니다만 폭풍의 용병단의 가족들을 움직인다면 그 규모는 3만을 헤아리게 됩니다. 조금 전에 아베론 영지의 인구가 라미레스 후작가의 이주민을 받아들여도 1만이라고 하지 않으셨습니까? 이렇게 되면 영지민들이 적잖게 불안해할 텐데요. 정말 괜찮으시겠습니까?"

사이먼이 속내를 숨기고 다른 핑계를 댔다.

제국의 저명한 행정학자의 저술에 따르면 외부의 영지민을 안정적으로 유입하기 위해서는 그 수를 전체 영지민의 5퍼센트로 제한해야 한다고 말했다. 그 이상의 이주민을 받아들일 경우 기존 영지민들과의 충돌로 인해 영지 내에 불화가 생길 가능성이 높다는 것이다.

새로 영지에 들어온 이주민들은 영지에 하루라도 빨리 정착하고 싶어 한다. 그러나 기존의 영지민들은 이주민들을 쉽게 자신들의 이웃으로 받아들이려 하지 않는다. 새로 온 이주민들의 경우 영지 차원에서 적잖은 보상을 받기 때문에 오히려 그런 점을 못마땅하게 여기는 경우가 많았다.

기존 영지민들의 텃세를 겪다 보면 이주민들은 자신들끼리 뭉칠 수밖에 없었다. 물론 자신들을 지키기 위한 일종의 보호 수단이지만 그 기간은 그리 오래 가지 않는다. 어차피 약자들이 뭉친다 한들 새 영지의 규칙과 분위기를 따를 수밖에 없었다. 그것을 받아들이는 데까지 시간이 걸리는 것뿐이었다.

결국 이주민들은 점차 기존의 영지민들과 융화가 되면서 완벽한 정착을 이루게 된다. 그러나 만일 그 규모가 지나치게 클 경우에는 이야기가 달라진다.

그래서 제국의 행정학 학자들은 이주민을 받아들이는 규모를 영지 인구의 5퍼센트로 제한했다. 그것도 상한선을 이야기한 것이며 안정적인 영지 성장을 위해서는 2퍼센트가 적당하다고 말했다.

제국 북동부에서 가장 큰 아르만 공작가의 인구는 80만. 제국 행정학자의 이론을 적용했을 때 아르만 공작가에서 한 번에 받아들일 수 있는 이주민의 적정선은 1만 6천 명, 최대 4만 명이다.

다시 말해 아르만 공작가 같은 큰 영지가 아니고서야 폭풍의 용병단의 가족들을 전부 수용하지 못한다는 이야기다.

사이먼은 아베론 영지에서 폭풍의 용병단을 가족까지 수용하기란 불가능하다는 점을 에둘러 말했다. 그러나 그건 어디까지나 다른 영지들의 경우에 해당하는 이야기였다.

어둠의 신전이 세워지면서 아베론 영지는 마신들의 사랑을 독차지하는 곳이었다. 심지어 권력과 탐욕을 관장하는 파이야조차 아베론 영지를 관심 있게 지켜보았다. 마신의 입장에서 장차 마신들을 섬길 영지가 생긴다는데 싫을 리가 없었다.

실제 어둠의 신전을 짓기 위해 들어왔던 이주민들도 지금껏 별다른 분란 없이 잘 지내고 있었다. 기존의 영지민들도 오히려 영지가 시끌벅적해졌다며 좋아했다. 영지민이 늘어난다는 건 영지가 그만큼 발전하고 있다는 이야기. 영지가 발전하는 걸 싫어할 영지민은 없었다.

"그 점은 걱정하지 않아도 됩니다. 그리고 아베론 영지에는 폭풍의 용병단의 가족들이 머물 준비가 모두 되어 있습니다. 터전을 옮긴다는 게 쉬운 일은 아니겠지만 아베론 영지에서도 별다른 불편함이 없을 것이라 확신합니다."

아르메스가 단호한 목소리로 답했다. 사이먼의 걱정은 기우일 뿐이라고 일축했다.

그러자 잠자코 듣고 있던 라시아이언이 슬쩍 입을 열었다.

"모든 게 준비되어 있다니? 그럼 집과 땅을 준단 말이오?"

영지를 옮기는 이주민에게 있어 가장 중요한 건 머무를 집과 농사를 지을 땅이었다. 이주민이 특별한 직업이 있다면 땅까진 필요 없겠지만 먹고 살 일거리가 있어야 했다.

폭풍의 용병단의 주거지가 있는 자유 영지 프리아는 대륙의 중심부에 위치해 있었다. 본래 프리아는 대륙 중앙 사막에 자리 잡고 있던 사막 왕국이 왕국의 번영을 위해 지은 영지였다. 그러던 게 사막 왕국이 무너지고 주변 왕국들이 세를 넓히면서 여러 왕국의 틈바구니에 끼는 신세가 되고 말았다.

프리아의 영지는 제법 비대했지만 사막에 위치한 탓에 토지가 메말랐다. 그래서 그 어떤 나라도 프리아를 차지하려 들지 않았다. 프리아를 집어삼켰다간 주변 왕국들의 집중 견제를 받을 수밖에 없었다. 그로 인한 국방비 지출과 영지 지원을 감안한다면 차라리 내버려 두는 게 이득이었다.

자연스럽게 프리아는 사막을 오가는 여러 상인들의 낙원으로 발전했다. 그러다 사막 왕국의 마지막 후예가 주변 왕국들과 협의를 통해 프리아를 자유 영지로 발전시키면서 오늘날에 이르렀다.

프리아는 영지에 도움이 되는 자들이라면 누구나 받아들였다. 단 국적이 없어야만 했다. 타국의 국민은 프리아의 영지민이 될 수 없다는 게 프리아의 기본 원칙이었다.

폭풍의 용병단의 가족들은 성녀의 뜻에 따라 국적을 버리고 자유민으로 프리아에 들어왔다. 하지만 프리아에서 지원해 주는 건 그들을 영지민으로 받아들이는 것뿐이었다.

프리아는 메마른 곳이다. 당연히 농경지가 턱없이 부족했다. 몰러드는 이주민들에게까지 농경지를 나눠 줄 여력이 없었다.

농경지는 프리아를 자유 영지로 만든 사막 왕국 귀족의 후예들이 전부 차지하고 있었다. 그런 프리아에서 먹고살수 있는 방법은 단 두 가지. 상인이 되거나 용병이 되는 것뿐이었다.

폭풍의 용병단이 프리아에 자리를 잡은 것도 용병을 희망하는 이들이 많기 때문이었다. 어떤 의뢰든 아무런 희생없이 끝이 나는 경우는 드물었다. 적게는 수십 명에서부터 많게는 천여 명에 이르기까지. 폭풍의 용병단은 매번 크고 작은 희생을 치러 왔다. 그리고 프리아의 자유 용병들을 흡수하면서 그 세력을 유지해 왔다.

그런 점에서 프리아는 폭풍의 용병단에게 최적화된 거처였다. 하지만 가족들의 입장에서 놓고 보자면 그 반대였다.

매번 유입되고 빠져나가는 이주민들이 많아 치안이 불안한 곳. 먹고살 방법이 없어서 남편과 아들이 목숨을 걸고 싸워 벌어 온 돈으로 먹고살아야 하는 곳.

폭풍의 용병단의 가족들 중 상당수가 프리아를 떠나길 원하고 있었다. 심지어 프리아로 길을 이끈 성녀마저도 프리아가 영원히 머무를 곳은 아니라고 말했다.

가족을 끔찍이도 아끼는 라시아이언은 한 시라도 빨리 주거지를 옮겨야 한다고 입버릇처럼 말해 왔다. 프리아가 대륙 중심부에 있으니 대륙 어디를 가더라도 가장 빨리 돌아올 수 있다는 장점이 있지만 그 장점만으로는 가족들이 겪는 불편함을 모두 해소시키기 어려웠다.

그런데 아베론 영지에 모든 게 준비되어 있다고 한다. 만약 그것이 살 집과 농사를 지을 땅이라면? 자신의 가족들도 다른 대륙의 영지민들처럼 농사를 지으며 굶을 걱정 없이 살아갈 수 있다면?

꿀꺽.

라시아이언은 자신도 모르게 마른침을 삼켰다. 만약 정말 그렇다면 다른 사람들은 몰라도 자신은 아베론 영지로 가족들을 데리고 가고 싶었다.

그런 라시아이언의 바람에 부응하듯 아르메스가 흔쾌히 고개를 끄덕였다.

3

"물론입니다. 초기 정착금과 머무를 집, 그리고 농사를 지을 땅도 배분해 드릴 예정입니다."

엘리자베스는 가르시아에게 장기적으로 폭풍의 용병단을 아베론 영지의 영주민으로 흡수할 생각을 내라 일렀다. 그리고 영지에 머무르고 있는 가르시아는 그 계획을 다시 아르메스에게 전했다.

아르메스가 마족 중에서 언변이 좋기는 하지만 논리적인 건 가르시아를 따라올 마족이 없었다. 논리적이라는 건 다시 말해 너와 나 모두의 입장을 생각하는 것이다. 그러나 마족들은 성격상 너를 인정하려 들지 않았다. 오로지 나의 입장에서 생각하고 판단하고 행동하려고 했다.

만약 가르시아의 조언이 없었다면 아르메스는 자신의 특기인 유혹의 힘을 통해 폭풍의 용병단을 회유하려 했을 것이다. 하지만 그런 식으로 폭풍의 용병단을 끌어들인다 한들 아베론 영지의 발전에 큰 도움이 될 리가 없었다.

그래서 아르메스는 가르시아의 조언대로 폭풍의 용병단에게 정착금과 집, 그리고 땅을 제공하겠다고 약속했다. 그러자 라시아이언은 물론이고 헤이나의 표정마저 달라졌다.

"아베론 영지는 마기로 가득 차 있다고 들었어요. 그런 곳에서 우리 엘프 일족이 살 수 있을까요?"

엘리자베스만큼은 못하지만 빼어난 미모를 자랑하는 헤이나는 하프 엘프다. 그리고 엘프는 빛의 종족이다. 어둠과는 선천적으로 어울릴 수가 없었다.

물론 인간이 빛과 어둠, 양쪽 모두에 머무를 수 있는 존재이긴 했지만 헤이나가 데리고 있는 아이들 중에는 순수 엘프도 적지 않았다. 그들을 아베론 영지로 데려왔다가 마기로 인해 잘못되기라도 하면 큰일이 아닐 수 없었다.

그러자 아르메스가 문제없다는 표정을 지었다.

"아베론 영지의 마기는 마법진에 의해 정화가 되고 있습니다. 헤이나 님께서 여러 엘프 아이를 보살피신다는 이야기는 저도 들었습니다만 크게 걱정하지 않으셔도 될 것 같습니다."

라인하르트는 마법진의 강도를 높여 아베론 영지의 보호 구역을 넓혔다. 그 과정에서 아베론 영지의 마기 농도도 빠르게 희석되고 있었다.

그 정도면 설사 순수한 엘프가 들어온다 하더라도 고통에 몸부림치지는 않을 터였다. 물론 약간의 불편한 점이 없지 않겠지만 그 정도의 불편함은 세상 어디에나 존재하는 것이었다.

"그래도 만약에… 문제가 생기면요?"

헤이나가 다시 물었다. 그녀 또한 아이들의 미래를 위해 이주가 필요하다는 데 공감했지만 그렇다고 사막보다 더한 어둠의 땅으로 아이들을 데려갈 수는 없는 노릇이었다.

"흠. 만약 그렇다면 제가 견디지 못하는 아이들을 엘프들의 터전으로 안내하겠습니다."

아르메스가 이번에도 대수롭지 않게 말했다. 적응하지 못하는 아이들이라면 필시 순수 혈통일 터. 그들이라면 마족들도 불편하긴 마찬가지였다.

그렇다면 아예 그들이 원래 살던 터전으로 돌려보내는 게 현명한 선택이었다. 그걸 헤이나도 모르지는 않지만 용병 일이 바쁘고 인력에 한계가 있다 보니 지금껏 실행에 옮기지 못하고 있었다.

그런데 순수 엘프 아이들을 원래 살던 곳으로 돌려보내 주겠다니. 헤이나는 그 한마디에 마음을 바꿔 버렸다.

"그 약속, 꼭 지켜주세요."

"물론입니다."

어렵지 않게 두 사람의 마음을 돌린 에르메스가 난적 사이먼에게 눈을 돌렸다.

마법사인 사이먼은 특별히 가족이 있지 않았다. 게다가 프리아에 특별한 불만도 없었다. 오히려 이런저런 마법재료를 손쉽게 구입할 수 있어서 프리아가 좋았다.

게다가 프리아에는 거금을 주고 산 주택이 있었다. 아베론 영지에서 얼마나 좋은 집을 줄지 모르겠지만 프리아에서의 생활을 정리한다는 게 생각만큼 간단해 보이지 않았다.

그런 사이먼에게 에르메스가 꼼짝할 수 없는 미끼를 내던졌다.

"아베론 영지에는 마탑이 있습니다."

"마, 마탑이요?"

"네. 그리고 마탑주는 들어보셨는지 모르겠지만 시리우스 님이십니다."

"시리우스!"

시리우스라는 말에 사이먼이 자리에서 벌떡 일어섰다.

공교롭게도 그가 배운 마법 또한 어둠 계열의 마법이었다. 대륙의 용병으로 활동하기 위해 그 위에 원소 마법을 곁들여 사용하긴 했지만 누군가 먼 훗날 사이먼에게 계통을 묻는다면 그는 당당히 어둠 계열이라고 말할 생각이었다.

그리고 어둠 계열의 용병 마법사 사이먼이 가장 존경하는 게 바로 시리우스였다. 과거 먼발치에서 한 번 본 시리우스의 힘은 다른 대륙 마탑의 수장들보다도 강인해 보였다. 또한 그는 스스로 어둠 계열 마법사라 말하는데 조금도 거리낌이 없었다.

사이먼은 그런 시리우스를 닮고 싶었다. 기회가 된다면 시리우스에게 배우고 싶었다.

그런데 아베론 마탑에 시리우스가 있다니! 그 자체만으로도 사이먼에게는 아베론 영지로 갈 절대적인 이유가 생겨 버렸다.

"하아, 알겠습니다."

세 용병의 뜻이 바뀌자 안티몬도 항복을 선언했다. 세 용병 중 한 명이라도 버틴다면 어떻게든 다른 용병들을 설득시켜 보겠지만 지금으로서는 반대 자체가 무의미해 보였다.

게다가 400만 골드의 위약금을 무느니 가족들과 함께 아베론 영지로 향하는 편이 여러모로 이득이었다. 정착금과 집, 땅까지 주는데 바보가 아니고서야 마다할 이유는 없었다.

"대신 한 가지만 약조해 주십시오. 아베론 영지를 떠나도 된다는 생각이 들었을 때, 그때 저희가 원한다면 계약을 종료시켜 주십시오."

안티몬이 마지막으로 청했다. 폭풍의 용병단을 이끌어 온 전문 행정가로서 그 정도 조건은 내걸어야 체면이 설 것 같았다.

그 점에 대해 레이샤드가 흔쾌히 고개를 끄덕였다.

"물론. 그건 내 이름을 걸고 약속할게."

"감사합니다, 영주님."

안티몬이 레이샤드를 향해 깊숙이 고개를 숙였다. 그렇게 길고 길었던 폭풍의 용병단과의 계약이 마무리되었다.

제45장

인정받다 Part 5

1

"후우……."

힘든 협상을 마친 뒤 안티몬은 바람 부족에서 마련해 준 천막 안으로 들어갔다. 그리고 주변을 살핀 뒤에 품속에서 주먹만 한 마정석을 꺼냈다.

마정석에 힘껏 힘을 주자 손바닥을 타고 미약한 마나가 흘렀다. 그 힘이 마정석을 붉게 활성화시켰다.

잠시 후.

─안티몬이로군요.

마정석 너머에서 성녀의 은은한 목소리가 울렸다.

"셰이나 님. 제 이야기를 들어주십시오."

안티몬은 마치 자신의 잘못을 반성하듯 마정석을 붙들고 오늘 있었던 일들을 늘어놓았다. 그러면서 자신의 그릇된 판단으로 인해 폭풍의 용병단의 미래에 먹구름이 꼈다고 자책했다.

행정가의 입장에서 봤을 때 이중 계약을 생각지 못하고 아르만 공작가와의 계약을 깔끔하게 마무리 짓지 못한 건 분명한 잘못이었다. 하지만 그 상황이라면 설사 안티몬이 아니라 다른 유능한 행정가라 하더라도 비슷한 선택을 했을 것이다.

그 점에 대해 성녀 셰이나는 안티몬의 잘못이 아니라 신의 인도일 뿐이라고 대답했다.

─안티몬, 우리 모두 북으로 가야 한다는 그분의 음성이 내려 왔어요.

"부, 북으로요?"

─네. 저는 그분이 말씀한 곳이 아베론 영지가 아닐까 생각해요.

"그, 그렇다면……!"

─네. 이 모든 건 그분이 예비하신 일. 그러니 안티몬도 더 이상 고민하지도, 걱정하지도 마세요. 그리고 이 사실을 다른 분들에게 꼭 전해주세요.

"하아……."

안티몬은 그제야 안도의 한숨을 내쉬었다. 성녀의 말처럼 이 모든 게 신의 계시라면 자신은 그저 어쩔 수 없는 역할을 떠맡았던 것뿐이었다.

그렇게 생각하니 마음이 한결 가벼워졌다. 그래서일까. 바깥 외출을 삼가 달라는 바람 부족의 당부를 까맣게 잊은 채 안티몬이 천막 밖으로 걸어 나왔다.

"으음."

밖은 칠흑처럼 어두웠다. 그리고 밤공기는 싸늘했다.

해질 무렵 도착한 바람 부족이 을씨년스럽게 변해 있었다. 그만큼 협상은 치열했다. 일방적으로 당하긴 했지만 안티몬은 오늘을 평생 잊지 못할 것 같았다.

그때였다.

"누구요."

근처에서 날 선 목소리가 들렸다.

"포, 폭풍의 용병단!"

깜짝 놀란 안티몬이 다급히 소리쳤다. 어찌나 놀랐던지 자신의 이름을 말하는 것조차 까먹어 버렸다.

그런 안티몬의 앞으로 바람 부족의 전사로 보이는 사내가 슬그머니 모습을 드러냈다.

"밖에 나오지 말라고 말씀드렸을 텐데요."

야수족 사내가 퉁명스럽게 말했다.

현재 폭풍의 용병단은 초대받지 않은 손님이었다. 폭풍의 용병단이 중재를 위해 노력해 왔다는 사실을 모르지는 않지만 결국 해결한 건 레이샤드였다. 그렇다 보니 폭풍의 용병단에 대한 감정이 좋지 않았다.

"미안합니다. 그저 너무 답답해서……."

안티몬이 멋쩍게 웃었다. 그러다 싸늘한 야수족 사내의 시선을 접하고는 냉큼 입꼬리를 바로 폈다.

그런 안티몬의 모습이 우스웠을까. 냉랭하기만 하던 야수족 사내가 툭 하고 안티몬의 어깨를 쳤다.

"이곳은 인간들이 사는 곳과 다르니까 불편할 겁니다. 그래도 오늘 밤은 돌아다니지 마십시오. 부족장님의 명령입니다. 그러니 어서 안으로 들어가십시오."

제 말만을 남기고 야수족 사내가 건너편으로 사라졌다. 하지만 안티몬은 좀처럼 그 자리를 떠날 수가 없었다.

야수족 사내에게 얻어맞아 어깨가 욱신거려서가 아니었다. 난데없이 부족장의 명령이라니? 바람 부족 안에서 대체 무슨 일인지 알아야 할 것 같았다.

2

안티몬은 조심스럽게 발걸음을 움직였다. 그리고 사이먼에게 배정된 처소로 몸을 날렸다.

"뭐, 뭡니까?"

갑작스러운 안티몬의 방문에 마법서를 보고 있던 사이먼이 화들짝 놀랐다. 설마하니 안티몬이 불시에 방문하리라고는 예상하지 못한 탓에 흔하디흔한 알람 마법조차 설치해 놓지 않은 상태였다.

하지만 안티몬은 지금 예의를 따질 처지가 아니었다.

"뭔가 이상합니다."

"이상하다니요?"

"조금 전에 바람 부족의 전사에게 들으니 부족장의 명으로 오늘은 바깥출입을 금지한다고 합니다."

"부족장의… 명이라니요?"

순간 사이먼의 표정도 달라졌다. 그저 폭풍의 용병단을 불청객으로 여기고 함부로 돌아다니지 말라는 경고의 뜻으로만 이해했는데 부족장이 별도의 지시를 내렸다니. 어딘지 모르게 수상쩍게 느껴졌다.

"확실히는 모르겠지만… 바람 부족에서 뭔가 일을 꾸미는 것일지도 모르겠습니다."

안티몬이 걱정스러운 말을 늘어놓았다. 그의 말에 공감하듯 사이먼도 고개를 끄덕거렸다.

"무슨 말인지 잘 알겠습니다. 그리고 그 일은 내가 알아볼 테니 안티몬은 일단 천막으로 돌아가는 게 좋겠습니다."

만약 누군가 밖의 상황을 살펴야 한다면 안티몬이 아닌 세 용병이 나서야 했다. 그리고 세 용병들 중 야수족의 날카로운 이목을 감추고 움직일 수 있는 건 마법사인 자신뿐이었다.

애당초 안티몬이 라시아이언과 헤이나가 아닌 사이먼을 찾아온 이유도 그런 이유 때문이었다.

"그럼 나는 믿고 기다리겠습니다."

안티몬이 뒷일을 맡기고 물러났다. 그런 안티몬을 바라보며 사이먼이 실소를 터뜨렸다.

"하긴. 오늘 하루 종일 곤욕이었을 테지."

사이먼은 안티몬의 다급한 마음이 십분 이해가 되었다. 폭풍의 용병단의 행정일을 맡으며 오늘처럼 고달팠던 날은 없었을 것이다.

하지만 사이먼은 안티몬을 비난하고 싶지 않았다. 안티몬은 지금껏 최선을 다해왔고 모든 일 처리를 훌륭하게 해왔다. 오늘도 마찬가지다. 상대가 지나치게 강했을 뿐 안티몬이 잘못한 건 아무것도 없었다.

그보다는 안티몬을 잠도 못 자게 만든 바람 부족의 꿍꿍이가 더 신경 쓰였다.

"어디 대체 뭘 하고 있는지 볼까?"

사이먼이 천천히 마나를 끌어 올렸다. 그렇게 얼마가 지났을까.

후아아아앗.

시커먼 어둠이 몰려와 사이먼의 온몸을 집어삼켜 버렸다.

3

폭풍의 용병단과의 협상이 끝나기가 무섭게 레이샤드 일행은 부족장 라힘달이 마련한 축제에 초대되었다.

"어서 오십시오. 기다리고 있었습니다."

라힘달은 예전과는 달리 정중하게 레이샤드를 맞았다. 본래 이종족은 인간들의 예법을 따르지 않는 경우가 많았지만 라힘달은 그런 걸 신경 쓰지 않았다. 게다가 레이샤드는 부족의 은인이자 제국의 황족이었다. 평생 아단 산맥에 고립되어 살아간다면 또 모르겠지만 앞으로 인간들과 적극적으로 교류하기로 마음먹은 이상 레이샤드와 좋은 인연을 유지해 갈 필요가 있었다.

그러나 수염이 덥수룩하게 자란 라힘달의 외모 때문일까. 레이샤드는 갑작스럽게 극존칭을 하는 라힘달이 부담스럽기만 했다.

"부족장님, 편히 말씀하세요."

레이샤드가 어색하게 웃으며 말했다. 아베론 영지에서도 자신보다 나이가 많은 가신들에게 존대를 받긴 했지만 그들과 라힘달은 느낌이 달랐다. 뭐랄까. 마치 라힘달에게 어울리지도 않는 인간들의 예법을 강요하는 기분이었다.

"아닙니다. 부족의 귀한 손님께 어찌 그럴 수 있겠습니까."

라힘달이 상관없다며 말했다. 만에 하나 있을지 모를 마족과의 전쟁에 대비해 전 대륙이 대륙 공용어를 사용한 지도 수백여 년이 지났다. 그 과정에서 이종족들도 윗사람을 공경하는 존대를 배웠다. 단순히 마음으로 공경하는 게 아닌 말로써의 공경을 말이다.

라힘달은 부족장이기 이전에 예의를 아는 야수족 전사였다. 그리고 야수족은 본래 빚을 지면 두고두고 그 몇 배로 갚았다. 아직 레이샤드에게 은혜조차 제대로 갚지 못했으니 이 정도 존대는 아무것도 아니었다.

하지만 레이샤드는 라힘달과 거리를 두고 싶지 않았다. 인간과 야수족을 떠나 라힘달은 레이샤드가 겪은 첫 번째 군주였다. 그것도 부족을 사랑하고 합리적이며 현명한 군주였다.

만일 라힘달이 갑작스럽게 찾아온 자신의 말을 믿고 따라주지 않았다면 아마 오늘의 축제도 없었을 터였다.

"귀한 손님이라고 하시니까 좀 섭섭한데요? 저는 부족장님이 절 친구로 여겨주셨으면 좋겠는데요."

레이샤드가 장난스럽게 입술을 삐죽거렸다. 그런 레이샤드의 속마음이 전해진 것일까.

"하하. 레이샤드 님께서 그렇게 말씀하시니 알겠습니다. 이제부터 편하게 대하겠습니다."

라힘달이 그제야 굽혔던 허리를 펴며 껄껄 웃어댔다.

그 모습을 지켜보던 장로들의 얼굴에 웃음이 번졌다. 처음에는 라힘달이 지나치게 저자세로 나오는 것 같아 못마땅해 했지만 결국 두 사람의 관계는 동등해졌다. 일개 이종족 부족장이 넓은 대륙을 다스리는 제국의 황족과 말이다.

만약 이 사실이 다른 야수족에게 알려진다면 아마 라힘달과 바람 부족의 위상은 더욱 높아질 것이다.

"족장님, 그리고 레이샤드 님. 어서 자리에 오르십시오. 다들 두 분을 기다리고 있습니다."

장로 루드니가 레이샤드와 라힘달을 자리로 안내했다. 그들을 따라 줄을 지어 서 있던 장로들도 자신들의 자리로 움직였다.

레이샤드와 라힘달은 나란히 상석에 앉았다. 그들의 주

변을 장로들과 선택받은 전사들이 둥글게 에워쌌다.

레이샤드의 옆쪽으로 엘리자베스 일행이 자리했다. 레이샤드가 라힘달과 나눈 대화를 엿들은 듯 엘리자베스의 입가에는 흐뭇함이 가득 머물러 있었다.

"자, 그럼 축제를 시작하겠습니다."

루드니의 말과 함께 어둡던 밤하늘에 불꽃이 피어올랐다. 동시에 축제에 모여든 이들의 얼굴에 뜨거운 기운이 번졌다.

"인간들의 축제와는 다르겠지만 함께 즐겨봅시다."

라힘달이 가죽으로 만든 술잔을 들어 올리며 말했다. 인간들과 마찬가지로 야수족들의 축제에도 술은 빠질 수가 없었다.

하지만 애석하게도 레이샤드는 아직 술을 접한 적이 없었다. 그리고 아직 술을 마실 생각도 없었다.

그런 레이샤드를 배려하듯 시중을 들던 야수족 여인이 레이샤드의 잔에 희멀건 액체를 따랐다.

"이게… 뭐죠?"

레이샤드가 잔을 내려다보며 물었다. 그러자 야수족 여인이 예쁘게 웃으며 말했다.

"말리입니다."

"말리?"

"야수족들이 즐겨 마시는 말의 젖입니다."

"아, 그래요?"

레이샤드가 별생각 없이 술잔을 들이켰다. 그러다 목구멍을 타고 번지는 따끔따끔함에 깜짝 놀라 기침을 내뱉었다.

말리는 단순히 말의 젖이 아니었다. 말의 젖이 원료이긴 했지만 단맛을 내는 풀과 함께 며칠간 숙성을 시킨 탓에 인간들이 즐겨 마시는 곡물주의 설익은 맛이 났다.

그런 줄도 모르고 겁도 없이 들이켰으니 속에서 불이 나는 것도 무리는 아니었다.

"크으."

레이샤드가 잔뜩 인상을 썼다. 그런 레이샤드의 모습을 바라보며 라힘달이 껄껄 웃음을 흘렸다.

4

적당히 분위기가 무르익자 루드니가 가볍게 손뼉을 쳤다. 그러자 커다란 창고 안에서 대기 중이던 야수족 여성들이 야수족 전통 의상으로 갈아입고 중앙으로 모여들었다.

잠시 후, 악사의 연주와 함께 야수족 여성들의 춤이 시작되었다.

"와아……."

레이샤드는 금세 춤사위에 빠져들었다. 지금껏 살면서 제대로 된 축제는 이번이 처음이었다. 게다가 예쁜 야수족 여인들이 미소를 머금은 채로 선보이는 춤은 더없이 아름답고 매력적이었다.

착각인지는 모르겠지만 야수족 여인들의 시선은 전부 레이샤드를 향해 있었다. 그 모습이 마치 레이샤드에게 '나어때요?' 라고 속삭이는 것만 같았다.

"어떻습니까?"

레이샤드가 야수족 여인들에게서 눈을 떼지 못하자 라힘달이 씩 웃으며 물었다.

"머, 멋져요."

레이샤드가 빨개진 얼굴로 말을 더듬었다. 자신도 모르게 정신없이 빠져들었다는 생각에 부끄러워진 것이다.

그러나 라힘달은 그것을 달리 해석했다.

"하하. 레이샤드 님도 남자였군요."

라힘달은 레이샤드가 아직 어른은 아니라고 판단했다. 성년을 지났다고 듣긴 했지만 겉모습만 놓고 보자면 앞으로 서너 해는 더 지나야 어른이 될 것 같았다.

그래서 야수족 축제의 꽃이나 마찬가지인 야수족 처녀들의 춤사위를 빼버리려 했다. 아직 어린 레이샤드를 배려하기 위함이었다.

그러나 루드니가 고개를 흔들었다. 겉모습만 보고 레이샤드를 판단해서는 안 된다고 말했다.

"귀족들은 우리와는 달리 어린 나이에도 여자를 가까이한다고 합니다. 그렇다면 우리도 전통에 따라 레이샤드 님을 제대로 대접해야 하지 않겠습니까?"

라힘달은 왠지 쓸데없는 짓을 벌이는 것 같았다. 축제 때 야수족 처녀들이 나와 춤을 추는 건 단순히 여흥을 위한 게 아니었다. 축제의 주인공에게 자신의 매력을 선보여 그와 첫날밤을 보내기 위함이었다.

인간들과는 달리 야수족은 아무 때나 축제를 열지 않는다. 부족의 귀한 손님이 오거나 혹은 부족의 전사가 전쟁에서 큰 공을 세웠을 때 주로 열린다.

그리고 축제의 주인공이 되면 부족의 처녀를 취할 수 있는 권한이 주어진다. 그래서 축제 때 춤을 추는 여성들은 성년이 갓 지난, 아직 남자 경험이 없는 여성들로만 이루어지게 된다.

야수족들은 축제 때 여성들이 추는 춤을 구애의 춤이라고 한다. 비록 주인공에게 선택받지 못했다 하더라도 축제 때 다른 전사들의 마음을 빼앗는 경우가 적지 않기 때문이었다.

그래서 축제에 참여하는 여성들은 자신의 모든 매력을 총동원해 춤을 추게 된다. 그런데 만에 하나 춤을 춘 여성들 중 단 한 사람도 주인공의 선택을 받지 못하게 되면 그들은 선택받지 못한 여인이 되어 평생 결혼을 할 수 없게 된다. 그것이 대대로 내려 온 야수족의 축제였다.

라힘달은 괜히 구애의 춤을 선보였다가 레이샤드가 별다른 반응을 보이지 않을까 봐 걱정했다. 이번 축제 때 참석할 여성들 중에는 자신을 든든히 지지해 준 장로들의 딸이 적잖게 포함되어 있었다. 그들 중 누구라도 레이샤드의 마음을 훔치면 좋겠지만 실패한다면 장로들의 가슴에 비수를 꽂는 일이 될 수 있었다. 그래서 레이샤드의 시중을 드는 야수족 여인에게 말리를 쉬지 않고 따라 주라는 지시를 내린 상태였다.

그런데 천만 다행히도 레이샤드가 구애의 춤에 반한 모양이었다.

"저 중에 누가 가장 마음에 듭니까?"

라힘달이 속삭이듯 물었다. 순간 엘리자베스의 눈매가 사나워졌지만 애석하게도 레이샤드는 그 모습을 보지 못했다.

"가장 마음에 드는 여자요?"

레이샤드는 그 질문을 대수롭지 않게 여겼다. 그리고 본능에 따라 눈을 움직였다.

가장 앞쪽에서 추는 키가 큰 여인의 춤은 너무나도 열정적이었다. 축제를 밝히는 모닥불처럼 그녀의 춤은 활활 타오르고 있었다. 그래서 상대적으로 다른 여인들의 춤이 눈에 들어오지 않았다. 단 한 명. 키 큰 여인의 뒤편에서 마치 그림자처럼 춤을 추는 여인을 빼고 말이다.

처음에는 레이샤드도 키 큰 여인에게 눈길이 갔다. 그러나 시간이 지나면 지날수록 그녀의 뒤편에 가려진 여인에게 빠져들었다.

"저기……."

레이샤드가 중앙을 향해 손가락을 들었다. 그러자 라힘달이 그럴 줄 알았다며 고개를 끄덕였다.

"아하, 보르바 말이로군요."

라힘달의 입에서 보르바란 말이 나오자 장로 중 하나가 무릎을 내려쳤다. 혹시나 하는 마음에 자신의 딸을 가장 앞줄에 세웠는데 레이샤드의 마음을 빼앗을 줄은 몰랐던 모양이었다.

"보르바란 여자가 키가 큰 여자인가요?"

레이샤드가 발그레해진 얼굴로 물었다.

"그렇소. 우리 부족의 자랑이기도 하지요."

라힘달이 힘껏 고개를 끄덕였다. 구애의 춤을 추지 않았더라도 보르바는 부족에서 첫 손에 꼽히는 신붓감이었다. 다만 아버지가 장로이다 보니 적당한 짝이 나타나기만을 기다리고 있었다.

그러나 레이샤드가 가리킨 건 보르바가 아니었다.

"저는 그 뒤쪽에 있는 여자를 이야기한 건데요."

"그 뒤쪽? 오호라. 메르디아 말씀이군요."

라힘달이 의외라며 눈을 빛냈다. 보르바가 태양이라면 메르디아는 달이었다. 태양의 밝은 빛에 가려 잘 보이지 않지만 혼자 있을 때는 더 없이 은은한 아름다움을 뿜내는 또 다른 꽃이었다.

"보르바와 메르디아. 둘 다 마음에 듭니까?"

라힘달이 다시 물었다. 레이샤드가 원한다면 두 사람뿐만 아니라 구애의 춤을 추는 모든 여성들을 품에 안겨 줄 수도 있었다.

물론 그건 라힘달의 일방적인 선택이 아니었다. 구애의 춤을 추는 여성들 중 누구도 레이샤드에게 눈길을 보내지 않은 자가 없었다. 그렇다는 건 다들 레이샤드가 마음에 든다는 이야기였다.

하지만 레이샤드는 지나치리만치 솔직했다.

"처음에는 보르바의 춤이 예뻐 보였지만 지금은 메르디아의 춤이 더 예쁜 것 같아요."

"아하. 그러니까 결국 메르디아의 춤이 마음에 든다는 말이지요?"

라힘달이 씩 웃었다. 보르바와 메르디아, 두 명이 레이샤드의 마음을 빼앗았다니 기쁘고 레이샤드가 고른 여자가 자신과 가까운 장로들의 딸이라 또 기뻤다. 그리고 레이샤드가 두 꽃 중 한 꽃만 선택해 줘서 더욱 기뻤다. 보르샤에게는 미안한 일이지만 부족의 입장에서도 용맹한 대전사를 붙잡아 두려면 그에 걸맞은 꽃이 필요한 법이었다.

"알겠습니다. 그리 준비시키겠습니다."

라힘달이 루드니에게 손짓을 했다. 그리고 레이샤드가 메르디아를 선택했다는 사실을 일렀다.

"꽃을 피워라!"

루드니가 밝은 얼굴로 크게 소리쳤다. 그것을 신호로 야수족 여인들의 구애의 춤이 빠르게 절정으로 치달았다.

5

야수족 처녀들이 구애의 춤으로 축제의 분위기를 끌어올렸다면 축제의 마지막은 전사들의 몫이었다.

"지금부터 전사의 시험을 시작하겠습니다."

루드니의 알림과 함께 장 안으로 어린 전사들 여덟 명이 몰려들어 왔다.

"저들은 누구죠?"

레이샤드가 궁금한 얼굴로 물었다. 전사의 시험이라면 분명 전사의 인정을 받는 자리일 텐데 정작 도전자들은 자신과 체격이 엇비슷해 보였다.

"우리 부족의 작은 전사들이죠. 나이는 아직 어리지만 전사의 수업을 꾸준히 받아 왔기 때문에 축제를 빌어 전사가 될 기회를 주는 겁니다."

야수족 전사의 시험은 절차가 복잡했다. 체력과 무술 등 전사로서의 기본적인 능력은 물론이거니와 품성과 부족에 대한 충성심, 그리고 동료들과의 우애를 함께 평가했다.

이 자리에 나온 여덟 명은 그 기본적인 시험을 모두 마친 상태였다. 그리고 최종 관문인 전사로서의 강인함을 시험받기 위해 이 자리에 섰다.

본래라면 계절이 지나 새해가 찾아 왔을 때 최종 시험이 치러질 예정이었다. 그러던 게 레이샤드를 위한 축제가 열리면서 일정이 앞당겨졌다.

아니, 정확하게 말하자면 오늘은 특별 시험인 셈이었다. 그리고 오늘 시험에 합격한 전사들은 정기 시험에 합격한 전사들보다 한 발 앞서서 전사가 될 수 있었다.

"어린 녀석들이 눈빛 하나는 마음에 드는군요."

레이샤드가 머문 상석 옆쪽에서 어린 전사들을 지켜보던 라인하르트가 나직이 중얼거렸다. 만약 엘리자베스를 돕기 위해 중간계로 내려온 게 아니라면 어린 전사들을 싹 데려다가 생체 실험을 하고 싶을 정도였다.

그러자 아스타로트가 나직이 코웃음을 흘렸다. 눈빛이 제법 날카롭긴 했지만 그래 봐야 어린 야수족에 지나지 않았다. 그리고 진정한 투지라는 건 어린 야수족들처럼 온몸으로 내보이는 게 아니었다. 평소에는 잘 갈무리하고 있다가 필요한 순간 상대의 기세를 꺾기 위해 드러내는 것이었다.

하지만 정작 유르스는 어린 야수족들의 투지가 마음에 든 모양이었다.

"우리 영주님에게도 저런 투지가 있으면 좋으련만."

유르스가 술김에 주절거렸다. 그의 목소리가 허공을 타고 엘리자베스의 귓속으로 들어왔다.

"건방진!"

엘리자베스의 심기가 불편해졌을 거라 확신한 아스타로트가 몸을 일으켰다. 아니, 일으키려 했다.

그런 아스타로트를 엘리자베스가 재빨리 제지했다.

"아스, 술에 취했잖아. 그러니까 신경 쓰지 마."

"하지만……."

"하찮은 인간에게 화를 내봐야 무슨 소용이 있겠어? 안 그래?"

엘리자베스가 가볍게 웃었다. 유르스의 언행은 웃고 넘기기 어려울 정도였지만 그 소릴 듣고 아스타로트가 발끈했다는 게 재미있었다. 평소에는 아닌 것처럼 굴어도 마음 한편으로 레이샤드를 아끼고 인정하는 게 틀림없어 보였다.

"그렇지 않아도 레이가 성장한 모습을 보고 싶었는데 잘됐어."

건너편 나무 위를 바라보며 엘리자베스가 눈을 빛냈다.

축제의 장과는 다소 떨어진 곳에 우뚝 솟은 나무 위에 사이먼이 은신을 한 채 숨어 있었다. 다른 사람들은 축제에 빠져 모르고 있지만 엘리자베스를 비롯한 마족의 눈은 피할 수가 없었다.

무슨 일 때문에 찾아왔는지는 모르겠지만 아마 사이먼도 지루할 것이다. 한편으로는 상석에 앉아 웃으며 즐기는 레이샤드의 모습이 한심스러울 것이다.

자신이 믿고 따르는 주인이 여흥을 즐긴다고 한다면 마다할 가신은 아무도 없을 것이다. 그러나 신뢰가 쌓이지 않은 주인이 여흥에 빠진 것처럼 보이면 미약한 신뢰마저 깨지고 말 것이다.

"레이, 야수족 아이들의 시험이 끝이 나면 레이도 한번 도전해 봐요."

엘리자베스의 나직한 목소리가 바람을 타고 레이샤드의 귓가에 울려 퍼졌다. 순간 깜짝 놀란 레이샤드가 엘리자베스를 바라봤다. 그러자 엘리자베스가 묘한 웃음을 지으며 고개를 끄덕였다.

6

엘리자베스의 갑작스러운 제안에 레이샤드는 정신이 번쩍 들었다. 엘리자베스의 성격상 농담으로 한 이야기는 아닐 것이다. 그렇다면 필시 전사의 시험에 도전해야 할 이유가 생긴 것이다.

만약 엘리자베스가 자신의 옆에 있었다면 그녀에게 직접 이유를 물어봤을 것이다. 그러나 애석하게도 레이샤드의 자리는 엘리자베스 일행이 머무는 곳과 조금 떨어져 있었다.

"라힘달 님. 혹시 전사의 시험에 야수족이 아닌 사람이 도전해도 상관없나요?"

레이샤드가 어쩔 수 없이 라힘달에게 물었다. 그러자 라힘달이 레이샤드의 의중을 간파하고는 크게 웃어 보였다.

"물론입니다. 부족에서 인정받은 자라면 누구든지 도전할 수 있지요."

라힘달은 레이샤드가 야무진 어린 전사들의 도전을 보고 호승심이 생긴 것이라 여겼다. 그리고 그런 호승심이야말로 야수족 전사들이 갖춰야 할 기본 자질 중 하나였다.

'루드니의 말이 옳았군. 내가 레이샤드 황자를 잘못 봐도 한참 잘못 봤어.'

라힘달은 레이샤드가 다시 보였다. 사내답게 마음에 드는 여자를 고른 것도 놀라웠지만 전사의 시험에 관심을 보일 줄이야. 이 정도면 진정 친구로 삼고 싶을 정도였다.

그러나 정작 레이샤드는 전사의 시험이 주는 부담감에 짓눌려 있었다. 말이 좋아 시험이지 시험관이 내지르는 진검의 위력에 자신도 모르게 기세가 꺾인 것이다.

야수족의 전사가 되기 위한 마지막 시험은 간단했다.

대전사가 휘두르는 진검을 열 차례 막을 것. 도중에 반격을 해도 상관없고 막기 어렵다면 피해도 상관없었다. 다만 그 열 번의 공격을 전부 감당해 내는 게 최종 시험이었다.

"크아아앗!"

호기롭게 덤벼들었던 첫 번째 어린 전사는 일곱 번째 진검을 제대로 피하지 못하고 뒤로 나자빠졌다. 그리고 그 과정에서 진검에 팔을 베이고 말았다.

시험에 합격하기 위해서는 일단 대전사의 검을 막거나 피해야만 했다. 대전사의 검에 베였다는 건 상대의 실력을 모르고 무작정 덤벼들었다는 의미. 그리고 그 무모함이란 실제 전투에서 목숨을 좌지우지하는 무서운 존재였다.

"용기가 과했구나."

대전사가 칼에 맺힌 핏방울을 떨궈내며 말했다. 조금만 침착했다면 충분히 피할 수 있는 공격이었지만 어린 전사는 그 순간 평정심을 유지하지 못했다.

두 번째 어린 전사와 세 번째 어린 전사도 마찬가지였다. 동료였던 첫 번째 어린 전사의 실패에 마음이 흔들린 듯 채 다섯 번을 넘기지 못하고 실패하고 말았다.

"윽!"

어린 전사들의 실패가 거듭될 때마다 레이샤드의 이마로 식은땀이 맺혔다. 멀찍이서 봐도 대전사의 검은 무섭게 느껴졌다. 게다가 대전사의 덩치는 어린 전사들을 압도했다. 말 그대로 어린아이와 어른의 싸움이었다. 도전자가 어른이라면 마치 커다란 오우거를 상대하는 기분일 것 같았다.

만약 연달아 도전자들이 실패했다면 레이샤드의 부담감은 더욱 커졌을 것이다. 그러나 다행스럽게도 네 번째 도전자가 아슬아슬하게 대전사의 열 번째 공격을 피해내면서 첫 번째 합격자가 되었다.

"후우……."

레이샤드의 입가를 타고 비로소 안도의 한숨이 번졌다. 모두가 실패했다면 불가능한 도전처럼 느껴졌겠지만 합격자가 나왔다. 네 번째 도전자가 합격했다면 자신에게도 시험을 통과할 가능성이 생긴 것이나 마찬가지였다.

레이샤드는 숨을 고르고 나머지 네 명의 도전을 마저 지켜보았다. 다섯 번째 도전자와 여섯 번째 도전자는 실패. 그리고 일곱 번째 도전자와 여덟 번째 도전자는 성공을 했다.

다섯 명이 실패. 세 명이 성공.

평소 열 명 중 두 명 정도가 전사의 시험 최종 관문을 통과하는 걸 감안했을 때 나쁘지 않은 결과였다. 그래서일까. 축제의 분위기는 한껏 고조되어 있었다.

보통 이즈음에 대전사들의 호쾌한 진검 대결을 끝으로 축제가 마무리되곤 했다. 그러나 사전에 레이샤드의 의지를 전달받은 루드니는 레이샤드의 도전을 축제의 마지막으로 장식하기로 마음먹었다.

"어린 전사들의 도전은 여기서 끝났다. 그리고 우리 부족의 자랑스러운 친구이자 아베론의 위대한 영주께서 마지막으로 전사의 도전에 나서겠다고 한다!"

루드니가 큰 소리로 레이샤드의 도전을 소개했다. 순간

축제를 즐기던 이들의 입에서 커다란 함성이 터져 나왔다.

대전사의 도전이 아닌 전사의 도전이라고 해도 최종 관문은 까다로웠다. 대전사는 상대가 누구든 봐주지 않았다. 최선을 다하지 않을 경우 대전사의 자격이 박탈되기 때문이었다.

그런 점에서 레이샤드의 도전은 패기가 넘쳤다. 덩달아 나약하게만 보였던 어린 인간의 도전 정신이 축제를 즐기던 야수족들의 피를 뜨겁게 달궈 놓았다.

"레이샤드!"

"레이샤드!"

야수족들이 레이샤드의 이름을 연호했다. 모르는 이들이 들었다면 레이샤드가 아단 산맥 어딘가에서 반역을 꿈꾼다고 오해를 할 정도였다.

모두의 환호를 받으며 레이샤드는 천천히 자리에서 내려갔다. 그리고 라인하르트의 앞에 섰다.

"여기 있습니다, 영주님."

라인하르트는 아공간에서 레이샤드의 애검을 소환하여 두 손으로 공손히 레이샤드에게 건넸다. 마족의 눈에는 하찮은 장난처럼 보일지 몰라도 레이샤드에게는 처음으로 맞는 기사로서의 시험이었다.

"레이, 평소처럼 해요."

엘리자베스가 레이샤드를 격려했다. 솔직히 레이샤드가 메르디아를 선택한 순간부터 왠지 모르게 기분이 상해 있었지만 잔뜩 긴장한 레이샤드의 모습을 보니 도저히 그냥 두고 볼 수가 없었다.

"레이샤드 님이라면 잘 해내실 겁니다."

아르메스도 한마디 거들었다. 평소 눈에 띄지 않았을 뿐 그 역시도 엘리자베스와 함께 레이샤드를 따라 시험의 궁을 들락거렸다. 그래서 레이샤드의 실력이 어느 정도인지 누구보다 잘 알고 있었다.

"흥분하지 마라."

무뚝뚝한 아스타로트도 이번만큼은 조언을 아끼지 않았다.

기사에게 있어 절대적으로 중요한 건 어떤 순간에서도 평정심을 유지하는 것이다. 흥분하면 판단력이 흐트러지고 통제력이 떨어진다. 흥분만 하지 않는다면 적어도 자신의 실력을 100퍼센트 발휘할 수 있었다.

"명심할게요."

레이샤드가 야무진 눈으로 아스타로트를 바라봤다. 검술 스승이자 평생을 쫓아가야 할 목표로서 아스타로트의 한마디가 레이샤드에게 큰 힘이 되었다.

레이샤드는 아스타로트가 흥분만 하지 않는다면 자신이

쉽게 지지 않을 거라고 조언한 것이라 생각했다. 그러나 실제 아스타로트가 하려던 말은 전혀 달랐다.

'흥분하지 마라. 불필요하게 흥분하면 상대를 죽일 수 있다.'

레이샤드의 실력을 정확하게 알고 있는 아스타로트는 레이샤드의 검이 지나칠 것을 걱정했다.

그러나 정작 자신의 실력에 대해 이렇다 할 확신이 없는 레이샤드는 그 말을 오해해 버렸다. 그나마 다행인 건 어떻게든 평정심을 유지하기 위해 노력했다는 점이다.

'침착하자. 침착해. 레이샤드, 넌 할 수 있어.'

커다란 대전사의 앞에 서며 레이샤드가 스스로를 다독였다. 뻔한 주문 같았지만 효과는 좋았다. 쿵쾅거리던 심장이 어느새 고요함을 되찾았다.

시험의 궁에서 아스타로트를 상대할 때마다 레이샤드는 지금처럼 스스로를 진정시켰다. 그리고 두 눈을 크게 뜨고 아스타로트의 검을 보려 노력했다. 보지 못하면 온몸으로 느끼려 노력했다.

그렇게 실력을 갈고닦다 보니 레이샤드는 어느새 긴장감을 조절할 수 있는 경지에까지 이르렀다. 그리고 그 모습은 레이샤드의 도전을 여흥쯤으로 여겼던 대전사 카르발의 눈빛을 달라지게 만들었다.

'진심이로군.'

카르발은 레이샤드가 두어 번 검을 휘두르다가 지레 겁을 먹고 포기할지 모른다고 여겼다. 그리고 차라리 그러는 편이 레이샤드가 다치지 않고 시험을 끝내는 방법이라고 생각했다.

그래서 카르발은 초반부터 최선을 다할 생각이었다. 레이샤드에게 시험은 장난이 아니라는 것을 똑똑히 인식시켜 줄 생각이었다.

그런데 금세 고요함을 되찾은 레이샤드의 모습은 장난스럽게 시험에 도전한 인간의 모습이 아니었다. 어린 전사들처럼 스스로의 능력을 시험해 보고픈 도전자의 모습이었다.

검을 뽑아 들며 카르발이 라힘달 쪽을 바라봤다. 그러자 라힘달이 자리에서 벌떡 일어났다.

카르발이 자신을 바라봤다는 건 진심을 다하겠다는 소리다. 하지만 레이샤드의 실력을 제대로 알지 못하는 라힘달의 입장에서 그건 말도 안 되는 소리였다.

그러자 자리에 앉아 있던 엘리자베스가 라힘달을 올려다보며 말했다.

"대족장님, 걱정 마세요. 레이샤드는 그렇게 약하지 않답니다."

시험을 만류하려던 라힘달의 시선이 엘리자베스에게 향했다. 그러다 엘리자베스의 붉은 눈과 마주치고는 언제 그랬냐는 듯 자리에 주저앉았다.

라힘달의 제지가 없자 루드니도 시험의 시작을 알렸다. 그와 동시에 카르발이 커다란 검을 내려찍듯 휘둘렀다.

후아아앙!

어마어마한 파공성과 함께 날 선 검날이 레이샤드의 코앞으로 떨어져 내렸다.

제46장

인정받다 Part 6

1

본래 첫 번째 공격은 도전자에게 자신의 공격 거리를 알려주기 위한 카르발의 배려였다. 그래서 전력을 다해 검을 내려찍었다. 혹시라도 겁도 없이 검을 막아내겠다고 들어오지 못하도록 말이다.

하지만 아스타로트와의 검술 대련에 익숙해진 레이샤드는 카르발의 공격을 피하고 싶지 않았다. 왠지 모르겠지만 평정심을 되찾은 이후로 카르발이 무섭게 느껴지지 않았다. 거대한 몸집에서 오는 위압감은 대단했지만 그 감정을 떨쳐내자 카르발도 그저 한 명의 검술 상대처럼 여겨졌다.

레이샤드가 아스타로트의 검을 받아내기 위해서 했던 수련은 일종의 집중이었다. 그것도 일반적으로 감각을 극대화시키는 집중이 아니라 불필요한 감각은 전부 배제한 채 그 실체만을 느끼는 고도의 집중이었다.

인간에게 주어진 감각은 다섯 가지. 보고 듣고 느끼고 맛보고 냄새를 맡는 것이다. 그중에서 검술에 직접적인 감각은 보는 것과 듣는 것. 그리고 느끼는 것이었다.

하지만 이 감각들이 처음부터 세밀하게 다듬어지지 않은 탓에 잘못된 정보를 전해주는 경우가 많았다. 이를테면 멀리서 날아드는 공격을 눈과 귀가 어긋나게 예측해 버리면 제대로 막아내지도 못하고 정확하게 피하지도 못하는 최악의 상황에 처하게 되는 것이다.

그래서 아스타로트는 레이샤드에게 눈으로 보지 말고 귀로 듣지 말라고 말했다. 더 나아가서는 피부를 통해 공기의 흐름으로 느끼지도 말라고 다그쳤다. 오로지 모든 감각이 시작되는 단 하나로 인식하라고 충고했다.

레이샤드는 솔직히 지금도 아스타로트가 했던 단 하나가 무엇인지 알지 못했다. 아스타로트의 검은 눈으로 좇다 보면 느리고 귀로 듣고 움직이다 보면 어긋나며 피부 감각을 통해 예측하는 순간 살갗이 베였다. 말 그대로 자유자재로 변하며 번개처럼 빠르고 전설의 드래곤처럼 사나웠다.

그런 아스타로트의 검을 받아내고, 받아내고 또 받아내면서 레이샤드는 자신도 모르게 본능적인 움직임을 보였다. 그리고 그 본능이 카르발의 첫 번째 공격에도 그대로 발동해 버렸다.

'저기다!'

레이샤드는 자신도 모르게 오른 무릎을 굽혔다. 그러면서 양손으로 검을 쥐고 온 힘을 다해 쳐올렸다.

까앙!

요란한 소리와 함께 레이샤드의 검 끝이 카르발의 검의 손잡이 위쪽을 때렸다. 그 순간.

"크으윽!"

카르발의 입에서 신음이 터져 나왔다.

"세상에!"

"지금 카르발의 검을 멈춰 버린 거야?"

레이샤드가 어떻게 대응할지 기대어린 눈으로 지켜보던 대전사들이 동시에 몸을 일으켰다. 그러고는 하나같이 믿을 수 없다는 표정을 지어 보였다.

카르발은 대전사 중에서도 다섯 손가락 안에 꼽히는 강자였다. 특히나 엄청난 덩치에서 뿜어져 나오는 힘 있는 검술은 바람 부족은 물론이고 인근에서도 적수가 없을 정도였다.

그런데 그 카르발이 전력을 다해 내려찍은 검을 막아내다니! 그것도 반동을 이용해 튕겨낸 게 아니라 검의 무게중심을 깨뜨려 움직임을 소멸시키다니.

이건 어지간한 기사들은 흉내조차 내지 못하는 고급 기술이었다. 그것이 레이샤드의 손끝에서 펼쳐졌다는 사실에 야수족 대전사들은 놀라움을 금치 못했다.

"허……!"

경악한 건 유르스도 마찬가지였다. 얼큰하게 술에 취한 탓에 레이샤드의 동작을 제대로 보지 못했지만 그의 검 끝이 어디를 때렸는지는 잘 알고 있었다.

'마, 말도 안 돼!'

유르스는 술이 확 깼다. 저 정도 거리에서 저 부위를 정확하게 후려치는 건 솔직히 마스터인 그에게도 벅찬 일이었다. 아니, 마음만 먹는다면 시도는 해볼 수 있었다. 그러나 만에 하나 가격한 부위가 무게중심이 아니라면? 혹은 자신의 계산이 조금이라도 빗나간다면? 그 다음 일은 상상하고 싶지도 않았다.

레이샤드가 너무도 가볍게 카르발의 첫 번째 공격을 막아내자 마족들도 감탄을 놓치지 않았다.

"호오. 우리 영주님 실력이 이 정도였나요?"

라인하르트가 기대 이상이라며 혀를 내둘렀다. 레이샤드

가 마계 제일의 검사인 아스타로트에게 검술 지도를 받고 있다는 사실은 알고 있었지만 그 성취가 이 정도일 줄은 예상하지 못했다.

"역시 레이샤드 님이십니다."

"레이의 실력이라면 저 정도 공격쯤은 문제없다니까."

아르메스와 엘리자베스도 서로 바라보며 만족감을 드러냈다. 레이샤드가 과도한 긴장감에 검을 잘못 휘두르면 어쩌나 걱정하긴 했는데 다행이 첫 단추를 잘 꿴 것 같았다.

그러나 정작 아스타로트는 못마땅한 얼굴이었다.

"느려터졌군."

만약 레이샤드가 제대로 검을 휘둘렀다면 카르발은 검을 떨어뜨리고 말았을 것이다. 검의 중심을 타고 밀려드는 충격에 감히 검을 붙잡고 있을 생각조차 하지 못했을 것이다.

그러나 레이샤드의 대응이 늦으면서 무게중심을 아슬아슬하게 빗겨 쳤다. 물론 인간의 관점에서 보자면 무게중심을 제대로 쳐 낸 것이겠지만 인간보다 더 미세한 영역까지 통제하는 아스타로트의 눈에는 한참을 빗나간 것이나 다를 바 없었다.

"후우……."

생각지도 못했던 레이샤드의 반격에 잠시 허둥대던 카르발이 길게 숨을 골랐다. 그러고는 매서운 눈으로 레이샤드를 노려봤다.

만만치 않을 것이라 예상은 했지만 이런 식으로 자신에게 망신을 줄 줄은 몰랐다. 그래서일까. 레이샤드에게 자신의 진짜 실력을 보여줘야겠다는 욕심이 생겼다.

물론 그 과정에서 레이샤드가 다치거나 최악의 경우 목숨을 잃게 될 수도 있었다. 하지만 카르발은 조금 전 레이샤드의 움직임이 우연이 아니라고 확신했다.

운이 좋아 쳐 낸 검이었다면 절대 무게중심을 때려내지 못한다. 통제를 잃은 검에 힘을 싣는 건 대전사인 자신조차도 하기 힘든 일이었다.

분명 레이샤드는 정확한 동작으로 최대한의 힘을 실어 무게중심을 공격했다. 그리고 검의 움직임 자체를 파쇄해 버렸다.

이 정도 실력이라면 자신이 진력을 다한다 해도 충분히 피해낼 수 있을 터였다. 아니, 솔직히 레이샤드의 실력을 자신이 시험해도 되는지 판단이 서지 않았다.

"이제부터는 진짜로 상대하겠습니다."

카르발이 성난 목소리로 말했다. 그러자 레이샤드가 대답 대신 두 손으로 검을 꽉 움켜쥐었다.

레이샤드의 체구에 비해 흑철이 덧대진 검은 어딘지 모르게 비대해 보였다. 마치 아직은 레이샤드의 검이 아니라고 말하고 있는 것 같았다.

하지만 카르발이 검을 내지르기가 무섭게 곁돌던 검은 레이샤드의 손에 착 달라붙어 버렸다. 그러고는 카르발이 제대로 검을 펼쳐 내지도 못하도록 또다시 무게중심을 후려쳤다.

까앙!

"크윽!"

카르발이 이를 악물었다. 어느 정도 예상은 했지만 또다시 검이 막히자 울화통이 치밀었다.

그때였다.

"이 멍청아! 뭘 하고 있어! 상대를 얕보지 마라! 그리고 너의 거리를 유지해!"

백발이 성성한 대전사 하나가 호통치듯 소리쳤다.

그의 이름은 한니발.

바람 부족의 모든 대전사들의 아버지라 불리는, 대전사 중의 대전사였다.

"크흐흐."

카르발은 순간 웃음이 났다. 한니발의 꾸지람을 듣고 보니 자신이 무엇을 간과했는지 알게 된 것이다.

레이샤드의 실력을 높이 평가하면서도 카르발은 레이샤드를 여전히 작은 인간이라고만 여겼다. 눈이 주는 잘못된 정보를 버리지 못하고 자신의 큰 덩치를 활용하면 얼마든지 우세를 점할 수 있다고 착각하고 있었다.

그러나 레이샤드의 실력은 신체적인 차이는 얼마든지 극복할 수 있을 정도로 뛰어났다. 그렇다면 그가 선택할 수 있는 방법은 한 가지뿐이었다.

"지금부터는 레이샤드 님의 검을 받겠습니다."

카르발이 뒤로 두 걸음 물러나며 말했다. 그와 동시에 어린 도전자들과 전사들의 입에서 경악성이 터져 나왔다.

"마, 말도 안 돼!"

"카르발 님이 공격을 포기하시다니!"

아직 대전사의 반열에 들지 못한 전사들과 이제 겨우 시험을 치른 어린 전사들은 카르발의 결정이 납득이 되지 않았다. 비록 두 번의 공격이 막히긴 했지만 여전히 카르발은 크고 레이샤드는 작았다. 카르발이 마음만 먹으면 얼마든지 레이샤드를 공격할 수 있을 것 같았다.

그러나 그건 그들의 수준에서 봤을 때의 판단이었다. 오히려 대전사들은 비로소 카르발의 진면목을 보게 됐다며 흥미로워했다.

커다란 덩치에 무시무시한 대형 검을 휘두르지만 카르발의 진정한 검술은 공격보다 수비에 있었다. 그래서 생긴 별명이 철벽의 카르발이었다. 카르발이 지키고 서 있으면 그 누구도 쉽게 뚫고 지나가지 못한다고 해서 붙여진 것이었다.

카르발은 비로소 레이샤드를 자신과 동등한, 혹은 그 이상의 상대라고 받아들였다. 그리고 이 대결에서 이기기 위해 공격보다는 방어에 치중하기로 마음먹었다. 무작정 검을 휘두르다 조금 전처럼 제대로 펼쳐 내지도 못하고 막힐 바에야 차라리 레이샤드의 검을 막아내며 기회를 엿보는 게 낫다고 여긴 것이다.

그런 카르발의 판단은 정확했다. 갑작스럽게 방어로 돌변한 카르발의 모습에 레이샤드가 당황하기 시작한 것이다.

'뭐, 뭐야?'

레이샤드는 카르발의 검을 막아낼 생각에 정신이 팔려 있었다. 반대로 자신이 먼저 카르발의 방어를 뚫을 생각은 전혀 하지 못했다.

어쩌면 당연한 일. 아스타로트와의 검술 대결은 거의 일방적인 방어 훈련의 연속이었다. 아스타로트가 언제든 반격을 해도 좋다고 허락했지만 마계 제일의 기사의 검을 막아내고 다시 반격을 할 수 있는 인간은 이 세상에 존재하지 않았다

그렇다 보니 카르발을 앞에 두고도 뭘 어떻게 해야 할지

머뭇거릴 수밖에 없었다.

그나마 다행인 것은 그런 레이샤드의 모습이 허둥대는 것처럼 보이지는 않았다는 것이다. 다들 레이샤드가 선보인 실력을 봐서인지 레이샤드가 카르발의 빈틈을 노린다고만 여겼다. 덕분에 아스타로트는 레이샤드에게 적시에 조언을 해줄 수 있었다.

─무엇을 망설이는 거지? 상대의 검을 똑바로 봐라. 그리고 상대의 검을 이끌어내기 위해 검을 휘둘러라. 그 정도쯤은 충분히 할 수 있을 텐데?

"……!"

머리를 왕왕 울리는 아스타로트의 날 선 조언에 레이샤드가 눈을 번쩍 떴다.

상대의 검을 끌어내는 기술.

그건 아스타로트에게 최근에 배운 기술이었다.

2

이론은 간단했다. 의지를 담아 진심으로 공격할 것처럼 굴면 상대는 그것을 느끼고 반응할 수밖에 없게 된다. 그렇게 상대의 검을 끌어낸 뒤에 공격을 하면 상대가 누구라 하더라도 손쉽게 승기를 잡아 갈 수 있었다.

'어디……!'

레이샤드는 크게 숨을 들이켰다. 그리고 눈을 부릅뜨고는 카르발의 옆구리 쪽을 베는 상상을 했다. 그러자 검날이 슬쩍 비틀리더니 자연스럽게 무릎이 굽혀지면서 당장에라도 앞으로 뛰쳐나갈 것처럼 몸이 기울어졌다.

그런 레이샤드의 움직임을 대전사인 카르발이 놓칠 리 없었다.

'옆구리!'

카르발이 다급히 몸을 비틀었다. 그러면서 레이샤드가 검을 휘두를 것이라 예상되는 곳을 향해 검을 찔러 넣었다.

하지만 정작 레이샤드의 검은 카르발이 움직인 직후 따라 출발했다. 그리고 또다시 카르발의 검의 무게중심을 때려 버렸다.

까앙!

"크윽!"

카르발의 입에서 또다시 비명이 터져 나왔다. 이번에도 그의 검은 막 내지르려던 그 지점에서 꼼짝도 못한 채 레이샤드의 검 끝에 막혀 버렸다.

"크으으!"

카르발이 흥분을 참지 못하고 씩씩거렸다. 다른 대전사도 아니고 자그마한 인간에게 연달아 굴욕을 당하니 도저히 감정을 추스를 수가 없었다.

그러자 또다시 한니발의 노성이 터져 나왔다.

"이 멍청한 놈아! 제 감정 하나도 추스르지 못하는 놈이 무슨 시험이냐! 내려와라!"

한니발이 씩씩거리며 시험의 장 위로 올랐다. 그러고는 모두가 보는 앞에서 카르발의 엉덩이를 걷어차 버렸다.

"젠장!"

카르발이 욕지거리를 내뱉으며 무대 아래로 내려갔다. 만약 라힘달이 자신을 만류했다면 어떻게든 끝장을 봤겠지만 한니발이라면 이대로 물러날 수밖에 없었다. 자신에게 검술을 가르쳐 주고 전사에 이어 대전사의 경지에까지 끌어올려 준 위대한 검의 아버지의 말을 듣지 않을 수는 없기 때문이었다.

"레이샤드 님이라고 하셨지요?"

카르발을 대신해 검을 잡은 한니발이 레이샤드를 바라봤다. 자연스럽게 그의 온몸에서 상당한 기운이 흘러나왔다.

비록 나이를 먹어 늙긴 했지만 한니발의 검은 여전히 바람 부족의 제일이었다. 부족의 전사는 젊은 대전사가 이끌어야 한다는 부족의 율법이 아니라면 아마 지금까지도 전사들의 선두에 서 있었을 터였다.

그런 한니발에게 카르발을 농락한 레이샤드는 얄미운 불청객임과 동시에 흥미진진한 도전자였다. 그래서 무례를 무릅쓰고 카르발을 무대에서 끌어내린 것이다.

"제 이름은 한니발. 저기 있는 녀석들을 전부 제 손으로 가르쳤습니다. 어지간하면 그냥 넘어가려고 했는데 레이샤드 님께서 너무 고약하게 검을 휘두르셔서 제가 참지 못하고 대신 나서게 되었습니다."

한니발은 자신이 나선 게 레이샤드 때문이라고 말했다. 그러나 실제로는 어떻게든 레이샤드의 검을 받아내 보고 싶은 욕심을 이겨내지 못한 것이나 다름없었다.

그런 속내를 드러내듯 한니발이 천진난만하게 웃었다. 그 웃음이 살짝 긴장했던 레이샤드의 몸을 가볍게 만들어 주었다.

3

"전사의 시험 규칙에 따라 아직 여덟 번의 공격 기회가 남아 있습니다. 그리고 그 시험을 지금부터 제가 진행하도록 하겠습니다. 괜찮으신지요?"

한니발이 레이샤드에게 의사를 물었다. 하지만 대답을

들기 위한 질문은 아니었다. 만약 레이샤드가 거절을 한다고 하면 어떻게든 이유를 가져다 붙여 시험을 강행할 생각이었다.

다행히도 레이샤드는 흔쾌히 고개를 끄덕였다.

"저는 상관없어요."

"아주 바람직한 자세입니다."

레이샤드의 도전 정신이 마음에 들었던지 한니발이 누런이를 드러내며 웃었다. 하지만 그것도 잠시. 검을 고쳐 잡자 언제 그랬냐는 듯 눈매를 날카롭게 일그러뜨렸다.

'온다!'

레이샤드는 본능적으로 몸을 낮췄다. 그리고 한니발의 검이 날아들기를 기다렸다. 그런데…….

스아아아앗!

빠르고 날카로운 공격을 예상했던 것과는 달리 한니발의 검은 느릿느릿하게 레이샤드를 향해 다가왔다. 마치 검을 쥐고 춤을 추는 것처럼 말이다.

레이샤드는 순간 당황해 버렸다. 눈에 보이는 것에 현혹되어서는 안 된다는 아스타로트의 가르침을 잠시 망각해 버렸다.

그런 레이샤드를 향해 한니발이 능구렁이처럼 검을 찔러넣었다. 레이샤드의 특유의 발달된 기감들을 전부 무너뜨리며 말이다.

만약 레이샤드의 수련이 부족했다면 한니발의 기습 공격을 감당해 내지 못하고 무너졌을 것이다. 하지만 레이샤드가 아스타로트와 시험의 궁에서 보낸 시간은 결코 짧지 않았다.

'정신차려!'

멀찍이 느껴지던 한니발의 검이 코앞까지 다가오자 레이샤드는 질근 입술을 깨물었다. 그리고 한니발의 공격 속도에 맞춰 천천히 몸을 비틀며 검을 바로세웠다.

까각.

느릿하게 날아들던 한니발의 검 끝이 레이샤드의 검면에 닿았다. 부딪친 것도 충돌한 것도 아니었다. 오히려 달라붙은 것처럼 닿아 버렸다.

그 모습을 지켜보던 전사들은 영문을 알 수 없다는 표정을 지었다. 부족 최고의 대전사인 한니발이 어째서 저런 장난을 하는 건지 영문을 모르겠다는 반응이었다.

대전사들 중 상당수도 전사들과 비슷한 표정이었다. 한니발의 공격이 장난이라고 여기지는 않았지만 어째서 저런 공격을 펼쳤는지 이해하지 못하는 이들이 많았다.

그러나 자신만의 검술의 경지를 이룬 대전사들은 달랐다.

"헉! 유령 검을 막아내다니!"

"마, 말도 안 돼!"

결코 일어나서는 안 되는 일이 일어나기라도 한 것처럼 호들갑을 떨어댔다.

조금 전 한니발이 펼친 공격은 유령 검이라 불리는 느릿한 검술이었다. 그렇다고 해서 아무나 펼칠 수 있는 장난스러운 검술은 결코 아니었다. 처음부터 마지막까지 일정한 속도로 상대의 오감을 무너뜨리며 흔들림 없이 펼쳐 내는 최상급의 검술이었다.

유령 검을 한 번이라도 겪은 대전사들은 마치 유령처럼 흐느적거리면서 날아든 검날에 영혼이 갈기갈기 찢겨 나간 것 같다고 말했다. 그만큼 유령 검은 육신보다는 감각의 사각을 파고들어 영혼을 베어버리는 검술이었다.

그런데 그 검술을 단번에 막아버리다니. 대전사들은 그저 할 말을 잃어버렸다.

그것은 자신만만하게 나섰던 한니발도 마찬가지였다.

"허허……."

한니발의 입에서 헛웃음이 터져 나왔다. 최근에 완성시킨 이 유령 검이라면 카르발의 자존심을 세워 줄 수 있을 줄 알았는데 오히려 망신만 자초한 꼴이 되고 말았다.

그러나 다행히도 레이샤드는 승리에 도취되어 상대를 무

시하는 인정 없는 기사는 아니었다.

"대, 대단해요. 방금 전에 그 공격. 어떻게 하신 거예요?"

정신을 차린 레이샤드가 곧바로 한니발에게 달라붙었다. 한니발의 유령 검을 본 순간부터 더 이상의 시험은 무의미했다. 그보다는 유령 검을 제대로 배워보고 싶은 마음만 가득해졌다.

"레이샤드 님께서 제 검술에 관심이 있으신 모양이로군요?"

한니발도 처음으로 자신의 검술을 막아낸 레이샤드가 기특했다. 그리고 레이샤드가 고작 한 번의 결과로 모든 걸 판가름하는 형편없는 인간이 아니라는 사실이 마음에 들었다.

"레이샤드 님만 괜찮으시다면 다시 한 번 보여드리고 싶은데 어떠신지요?"

한니발이 자세를 잡으며 물었다. 처음에는 레이샤드의 콧대를 꺾어주기 위해 펼친 검술이었지만 지금은 달랐다. 레이샤드에게 정말로 유령 검의 진면목을 알려주고 싶었다.

"저는 준비됐습니다."

레이샤드도 기다렸다는 듯이 검을 고쳐 잡았다. 그리고는 천천히 숨을 고르며 평정심을 유지했다.

그런 둘의 모습을 지켜보던 유르스의 손에서 식은땀이 뚝뚝 떨어졌다. 조금 전 한니발이 보여준 검술은 이제 막 마스터의 경지에 들어선 그에게도 거대한 충격으로 다가왔다. 검술이라면 빠르고 강한 게 최고라고만 여겼는데 그 상식이 완전히 무너지는 기분이었다.

물론 한니발의 검술은 실전에서 사용하기가 어려워 보였다. 수준 있는 검사라면 자신의 감각을 파고드는 유령 검에 겁을 먹겠지만 그 정도 수준이 안 되는 검사의 눈에 유령 검은 그저 느려 터진 장난스러운 검술에 불과할 것 같았다.

하지만 상대의 감각을 마비시키는 검술이라니. 그런 검술을 생각해 낸 것 자체가 놀랍고 한편으로는 두려웠다.

그리고 그 검술을 아무렇지도 않게 받아낸 레이샤드가 새삼 다르게 보였다.

레이샤드가 카르발의 공격을 연달아 파쇄시키면서부터 유르스는 레이샤드에 대한 평가를 바꿨다.

처음 레이샤드를 보았을 때 유르스는 레이샤드를 검조차 제대로 잡아본 적이 없는 유약한 영주로만 여겼다. 척박한 아베론 영지에서 살고 있지만 레이샤드의 얼굴에는 그 어떤 고생의 흔적조차 보이지 않았다. 오히려 신분을 말하지 않았다면 부유한 영지에서 잘 먹고 잘 지내는 대공자쯤으로 여겨졌을 정도였다.

그런 선입견은 폭풍의 용병단과의 협상을 통해 조금씩 금이 가기 시작했다. 그리고 조금 전 전사의 시험을 통해 완전히 부서져 버렸다.

지금 눈앞의 레이샤드는 더 이상 유약한 영주가 아니었다. 오히려 그 반대였다.

유약한 듯 보이지만 실제로는 어마어마한 검술을 보유한 사내. 더없이 착해 빠질 것 같으면서도 영지의 이익을 위해 욕심을 부릴 줄 아는 사내.

'이 정도 사내라면……!'

유르스는 마른침을 꿀꺽 삼켰다. 레이샤드가 이 정도 사내라면 한 번쯤 제대로 섬기고 싶은 마음이 들었다.

먼발치에서 마법을 통해 축제를 훔쳐보고 있던 사이먼의 심정도 마찬가지였다.

유르스와는 달리 사이먼은 조금 전 한니발이 펼친 유령 검을 마나의 흐름으로 보았다. 그리고 유령 검이 마나의 흐름에 맞춰 자연스럽게 마나의 틈을 파고드는, 괴상망측하지만 무시무시한 검술이라는 사실을 알아챘다.

그런데 그 검을 다른 사람도 아닌 레이샤드가 막아냈다. 그것도 한니발과 똑같은 방법으로 말이다.

기사와 마법사를 불문하고 마나를 다루는 이들은 스스로 마나를 통제하려고만 한다. 마나에 몸을 맡길 생각은 전혀 하지 않는다.

그런 점에서 유령 검은 상식을 파괴하는 대단한 검술이었다. 만약 자신이 레이샤드를 대신해 유령 검을 받아야 한다면 솔직히 저 멀리 도망칠 것만 같았다.

그래서 사이먼은 이번만큼은 레이샤드가 제대로 망신을 당할 것이라 여겼다. 앞서 대결한 카르발의 실력도 대단하긴 했지만 솔직히 그가 라시아이언보다 강한 검사라는 생각은 들지 않았다.

반면 한니발의 검은 달랐다. 그가 이룬 모든 것이 담겨 있는 유령 검이라면 용병들 중에서는 첫 손에 꼽히는 실력을 지닌 라시아이언이라 하더라도 당해 버릴지도 모른다는 생각이 들 정도였다.

하지만 그 유령 검은 너무나 허무하게 막혀 버렸다. 그것도 단 번에. 고작 열다섯 살 밖에 안 되는 어린 황자의 검에 말이다.

처음에는 그저 운이 좋았을지 모른다는 생각이 들었다. 솔직히 말해 레이샤드의 실력이 라시아이언이나 한니발을 뛰어 넘는다는 생각은 조금도 들지 않았다.

그러나 거듭된 유령 검 대결을 보면서 사이먼은 자신도 모르게 혀를 내두르고 말았다.

'대체 레이샤드 영주의 진짜 모습은 무엇이란 말인가.'

축제가 끝이 났지만 사이먼의 표정은 밝지 않았다. 정확하게는 마음 한 구석이 돌덩이를 올려놓은 것처럼 무거워졌다.

4

사이먼은 가급적이면 레이샤드가 어리고 정이 깊은 영주이기를 바랐다. 그래야만 폭풍의 용병단도 운신의 폭을 넓힐 수 있었다.

적어도 겉모습만 보자면 레이샤드는 사이먼이 바라는 영주의 상과 크게 다르지 않았다. 어린 나이에 다소 유약해 보이지만 속은 제법 당차 보였다. 주변 인재들의 말을 귀담아 들으면서도 지나치게 휘둘리지도 않았다.

그 정도라면 사이먼도 잠깐 레이샤드를 의지해 아베론 영지에 머무를 생각이었다. 그토록 동경해 왔던 시리우스에게 어둠의 마법을 전수받는 게 가능할지는 모르겠지만 레이샤드에게 빚을 진 걸 전부 갚을 때까지는 군말 없이 기다릴 생각이었다.

하지만 조금 전에 본 레이샤드는 사이먼이 바랐던, 조금 똑똑하다고 알려진 영주들의 어린 시절의 모습이 아니었다. 그보다는 대륙을 호령해 왔던 야무진 군주들의 어린 시절의 모습처럼 느껴졌다.

제국의 저명한 학자가 저술한 영주와 군주라는 책에 따르면 좋은 영주와 위대한 군주의 그릇은 어린 시절에 판가름이 난다고 한다. 물론 그 차이는 미비한 정도였다. 단순히 어린 시절의 삶만으로 그 미래를 판가름하기란 쉽지가 않았다.

경우에 따라서는 특별한 계기를 통해 영주의 삶이 군주의 삶으로 변하기도 했다. 그 반대로 군주의 삶이 영주의 삶으로 달라지기도 했다.

사이먼은 그 특별한 계기를 도전 의식이라고 여겼다.

한계에 부딪쳤을 때 포기하지 않고 그 한계를 뛰어넘으려는 마음. 스스로 안주하지 않고 더 앞으로 내달리기 위해 채찍질하는 마음. 원하던 목표를 세운 다음에도 자만하지 않고 곧바로 다음 목표를 세우려는 마음.

바로 그런 도전 의식이야말로 사람을 강하게 만들고 운명을 강하게 만드는 원동력이나 마찬가지였다.

실제 검술이나 마법을 익힌 영주들은 좋은 영주의 수준을 뛰어넘는 경우가 많았다. 검술과 마법의 성장은 도전 의식 없이는 불가능한 일이었다. 그리고 그들 중에는 일국의 왕이나 대류의 주인이 된 자들도 적지 않았다. 스스로를 채근하며 앞을 보고 나아가다 보니 자신에게 주어진 위대한 운명을 개척하게 된 것이다.

사이먼은 어쩌면 레이샤드가 그런 운명의 길을 걷게 될까봐 두려워졌다.

만일 사이먼이 오래전부터 레이샤드를 알았고 레이샤드에게 큰 은혜를 입어 그 은혜를 갚아야 하는 처지에 있다면 레이샤드의 커다란 그릇을 반겼을 것이다.

하지만 사이먼을 비롯한 폭풍의 용병단은 잠시 레이샤드라는 그릇 안에 들어갔다가 나와야 하는 입장이었다. 그 그릇이 폭풍의 용병단을 품을 만큼 크지 않거나 폭풍의 용병단 때문에 다른 인재들을 품지 못할 정도라면 폭풍의 용병단도 미련 없이 레이샤드라는 그릇에서 나올 수 있었다. 하지만 그 그릇이 실로 어마어마해서 폭풍의 용병단은 물론이고 수많은 인재가 들어와도 채워지지 않는다면? 그때는 폭풍의 용병단도 쉽게 레이샤드란 그릇을 벗어나지 못할 것이다.

사이먼은 레이샤드가 폭풍의 용병단을 구속하고 제약하려 드는 게 두려운 게 아니었다. 그 반대로 레이샤드가 놓아주더라도 폭풍의 용병단이 레이샤드의 곁을 떠나지 못하게 될까 봐 두려운 것이다.

"하아……."

사이먼이 길게 한숨을 내쉬었다. 그저 다소 고달팠던 용병 생활의 재충전 차원에서 선택한 아베론 영지행이 어쩌면 자신의 인생을 바꿔놓을지도 모른다는 생각이 사이먼의 심장을 두근거리게 만들었다.

제47장

인정받다 Part 7

1

홍겨웠던 축제가 끝나고 레이샤드는 라힘달이 다시 준비
한 손님용 거처로 자리를 옮겼다. 그리고 그곳에는 곱게 단
장한 한 여인이 주인보다 먼저 와서 기다리고 있었다.

"⋯⋯!"

천막을 젖히고 안으로 들어온 레이샤드가 순간 눈을 똥
그랗게 떴다. 처소로 돌아가면 씻는 것도 포기하고 잠을 잘
생각이었다. 말리를 적잖게 마신 상태에서 고도의 검술까
지 펼친 탓에 레이샤드의 온몸은 말리의 발효된 성분이 퍼
져 거의 반쯤 취한 상태였다.

하지만 레이샤드는 곧장 침대로 갈 수가 없었다. 공교롭게도 침대 위에는 낯익은 여인이 다소곳하게 앉아 있었다.

"이제 오세요?"

레이샤드를 발견한 여인이 곱게 웃었다. 그제야 레이샤드는 그 여인이 자신이 칭찬했던 메르디아란 사실을 알아챘다.

"메르… 디아?"

"제 이름을 기억해 주시다니, 영광이에요."

레이샤드가 자신의 이름을 불러주자 메르디아가 환한 미소를 보였다. 대부분의 야수족이 육식을 좋아한 탓에 치아가 누런 편이었지만 메르디아의 치아는 하얀 눈처럼 빛이 났다. 마치 마정석 가루를 곱게 빻아 치아에 덧씌운 것만 같았다.

그리고 그 미소가 레이샤드의 가슴을 뛰게 만들었다.

두근두근. 두근두근.

레이샤드는 갑자기 온몸이 뜨거워졌다. 단순이 열이 나는 게 아니라 뭐랄까, 마치 라인하르트가 만들었다는 흥분제라도 들이켠 것만 같았다.

"자, 잠시만요."

레이샤드가 흥분을 가라앉히기 위해 테이블 위에 올려놓은 가죽으로 된 병을 집어 들었다. 그러고는 컵에 따라 마실 새도 없이 입구를 입으로 가져다댔다.

꿀꺽. 꿀꺽.

레이샤드의 목구멍을 타고 서늘한 액체가 정신없이 넘어갔다. 레이샤드는 그것이 자신을 위해 미리 준비해 둔 물이라고만 여겼다.

하지만 정작 라힘달과 루드니는 레이샤드를 전혀 다른 방법으로 위했다. 혹시라도 경험이 부족한 레이샤드가 분위기를 주도하지 못할 것을 대비해 흥분 효과가 가미된 쾌락의 물을 준비해 놓은 것이다.

그리고 그 쾌락의 물을 마시게 되면 심장 박동이 더욱 빨라지면서 온몸으로 흥분이 퍼지게 된다. 어떻게든 흥분을 억누르려 했던 레이샤드로서는 역효과만 난 꼴이었다.

"크윽!"

터질 듯 부풀어오르는 심장의 박동을 감당하지 못하고 레이샤드가 그 자리에 주저앉아 버렸다. 그러자 메르디아가 냉큼 레이샤드의 옆으로 다가왔다.

"괜찮으세요?"

메르디아가 걱정이 가득한 얼굴로 말했다. 혹시나 하는 마음에 지켜봤지만 역시나 레이샤드는 쾌락의 물을 알지 못하고 들이켠 것 같았다.

만약 다른 야수족 여인이었다면 남자답지 못한 레이샤드

의 모습에 단단히 실망을 했을 것이다. 축제가 끝나고 준비된 이 자리는 부족 모두의 축복을 받은 자리였다. 선택받은 남자가 자신이 선택한 여자와 함께 첫날밤을 보내는 자리였다.

그런데 남자가 고작 쾌락의 물조차 감당하지 못하고 주저앉다니. 이래서는 평생 자신을 책임질 수 있을지 의심스러울 수밖에 없었다.

그러나 다행히도 메르디아는 다른 야수족 여인들과는 달랐다.

7년 전, 부족을 방문한 인간 점술사는 메르디아의 남편감에 대한 점을 쳤다. 그리고 메르디아는 야수족이 아닌 인간의 짝으로 살아야 하니 미리 준비를 하라고 일러두었다.

그때 이후로 메르디아는 인간들과 함께 살 날을 기약하며 부지런히 준비했다. 인간들의 문화와 예법을 익히고 야수족의 야성을 억누르는 훈련을 했다.

덕분에 지금 메르디아는 인간 여성이라고 해도 무방할 만큼 인간스러워져 있었다. 그래서인지 술에 취한 레이샤드의 눈에 메르디아는 귀엽고 사랑스러운 인간 여성처럼 보였다.

"많이 힘드시면 절 안으세요."

메르디아가 레이샤드를 품에 꼭 안았다. 본래라면 레이

샤드가 안아줄 때까지 잠자코 기다릴 생각이었지만 말리에 이어 쾌락의 물까지 마셔 버린 레이샤드가 자신을 제대로 품어주지 못할 것 같았다.

그렇다면 어떻게든 레이샤드가 자신을 안도록 유도해야만 했다. 그래야 레이샤드의 온몸을 괴롭히는 쾌락과 흥분들을 잦아들게 만들 수 있었다.

"메, 메르디아."

레이샤드의 떨리는 시선이 메르디아에게 향했다. 누가 가르쳐주지 않았지만 욕망이란 녀석은 메르디아를 이대로 끌어안으라고 레이샤드를 재촉해 댔다.

꿀꺽.

레이샤드가 마른침을 삼켰다. 그리고 메르디아의 발그레한 뺨으로 새하얀 손을 뻗었다.

그때였다.

"그만."

처소를 가리고 있던 천막이 펄럭이면서 차가운 목소리가 스며 들어왔다. 그와 동시에 쾌락에 휘둘리던 레이샤드가 풀썩 쓰러져 버렸다. 마치 수면 마법에라도 걸린 것처럼 말이다.

"……!"

메르디아가 깜짝 놀라 고개를 돌렸다. 야수족이다 보니

조금 전 누군가가 마나를 사용해 강제적으로 레이샤드를 잠재웠다는 사실을 알아챈 것이다.

그런 메르디아의 시선을 받으며 엘리자베스가 천천히 안으로 걸어 들어왔다. 그러고는 얼음보다 차가운 눈으로 메르디아를 내려다봤다.

"다, 당신은… 누구죠?"

메르디아가 떨리는 목소리로 물었다. 마음 같아서는 야수족 전사처럼 당당히 가슴을 펴고 싶었지만 엘리자베스의 온몸을 타고 흐르는 무시무시한 기운 탓에 감히 목소리조차 높이지 못했다.

그러자 엘리자베스가 보란 듯이 코웃음을 쳤다.

"축제는 끝났다. 그러니까 너도 돌아가는 게 좋을 거야."

엘리자베스는 메르디아가 더 이상 레이샤드의 곁에 머무는 것을 원치 않았다. 솔직히 라힘달과 루드니가 이런 일을 벌였다는 것 자체에 화가 단단히 난 상태였다.

만일 이곳이 마계였다면 아마 라힘달과 루드니는 물론이고 바람 부족 전체가 가루가 되어 사라졌을 것이다. 엘리자베스의 관심과 기대를 한 몸에 받고 있는 레이샤드에게 미인계를 쓴다는 것 자체가 엘리자베스에 대한 모욕이나 마찬가지였다.

하지만 천만다행이도 이곳은 중간계였다. 그리고 라힘달

과 루드니는 레이샤드와 돈독한 우정(?)을 쌓기 위해 부족의 예법대로 그를 대접하고 있었다.

그래서 엘리자베스는 치미는 화를 억누르고 또 억눌렀다. 레이샤드가 메르디아가 있는 처소로 들어갈 때도 마찬가지였다. 별일 없기를 바라며 애써 화를 가라앉혔다.

2

엘리자베스는 레이샤드가 메르디아의 유혹을 뿌리쳐 주길 바랐다. 장차 거대한 나라의 군주가 될 자라면 이 정도 유혹쯤은 이겨낼 줄 알아야 했다.

그러나 애석하게도 레이샤드는 그쪽 방면으로는 아는 게 전혀 없었다. 직접적인 경험은 물론이고 간접적인 경험조차 없었다. 아베론 영지가 워낙 궁핍하다 보니 성년이 된 레이샤드에게 성교육을 시켜줄 수 있는 자가 아무도 없었다.

거기다 레이샤드는 아무 생각 없이 쾌락의 물까지 마셔 버렸다. 그리고 자신의 감정을 이기지 못하고 메르디아를 품에 안으려 했다.

엘리자베스는 더 이상 두고 볼 수가 없었다. 그래서 아르메스의 만류도 뿌리치고 직접 나선 것이다.

만약 이 사실을 레이샤드가 알았다면 엘리자베스에게 고마워했을 것이다. 메르디아를 안고 싶었던 감정은 진실처럼 느껴졌지만 솔직히 충동적인 것이었다. 그런 감정으로 메르디아를 품었다간 아마 두고두고 후회할 게 뻔했다.

그러나 운명을 믿고 기다려 온 메르디아는 엘리자베스의 훼방을 이대로 받아들이기 어려웠다.

"그럴 수는 없어요. 저는 이미 레이샤드 님께 선택받은 몸이에요. 이제부터 제가 머무를 곳은 레이샤드 님의 옆이에요."

메르디아가 용기를 쥐어 짜내며 말했다. 엘리자베스를 화나게 했다가 목숨을 잃게 될 수도 있었지만 그렇다고 오랫동안 기다려 온 운명의 남자를 이대로 포기할 수는 없는 노릇이었다.

설사 엘리자베스가 레이샤드의 정혼자라 해도 마찬가지였다. 레이샤드가 자신을 선택하지 않았다면 모르겠지만 분명 모두가 보는 앞에서 자신을 지목했다.

처음에 메르디아는 레이샤드가 보르바를 선택한 줄 알고 큰 상심에 빠졌다. 운명의 남자가 레이샤드일지도 모른다는 희망을 품고 나온 축제였는데 보르바에게 빼앗겼다고 생각하니 모든 게 절망스럽기까지 했다.

하지만 나중에 보르바가 아닌 자신이 선택받았다는 사실

을 알고 메르디아는 심장이 두근거렸다.

이것이야말로 운명의 선택.

그렇다면 그 운명에 순응하는 게 그녀의 몫이었다.

메르디아는 엘리자베스에게 자신의 의지를 확실히 알리고 싶었다. 엘리자베스의 기세에 겁을 먹고 도망쳤다간 다시는 운명의 남자를 만나지 못할 것 같았다.

그러나 그런 메르디아의 용기는 엘리자베스에게 그저 하찮은 발악이나 마찬가지였다.

"감히!"

엘리자베스가 이를 악물었다. 그와 동시에 천막을 헤치며 사나운 어둠이 몰려들었다.

"꺄앗!"

메르디아의 입에서 뾰족한 비명이 터져 나왔다. 마치 운명의 신에게 도움이라도 청하듯 내지른 그녀의 목소리가 중간계를 너머 신계의 영역에까지 파고들었다.

그때였다.

파아앗!

요란한 소리와 함께 갑작스럽게 모든 게 멈춰 버렸다. 메르디아를 집어삼키려던 어둠도, 자지러지던 메르디아의 비명 소리도, 그리고 시간도.

모든 게 순식간에 멈춰 버렸다.

3

"누구냐!"

멈춰진 시간 속에서 엘리자베스가 소리쳤다. 흐르는 시간을 멈출 수 있는 건 오직 신들만이 가능했다. 그것도 하급 신들이 아닌 중간계를 다스리는 최상급 신들의 영역이었다.

엘리자베스는 천계의 신들 중 하나가 자신의 일에 끼어든 것이라고 여겼다. 하지만 정작 공간을 가르며 나타난 건 운명의 여신, 체이르였다.

"엘리자베스, 분노를 가라앉히세요. 그리고 메르디아의 운명을 받아들이세요."

체이르가 자애로운 얼굴로 엘리자베스를 달랬다. 엘리자베스의 감정을 모르지는 않지만 그렇다고 그녀가 중간계에서 큰 사고를 치도록 내버려 둘 수는 없었다.

하지만 엘리자베스는 천신도 아닌 마신이 자신의 일을 방해했다는 데 더 큰 상실감이 들었다.

"어째서요?"

엘리자베스가 따지듯 물었다. 그녀의 이번 유희는 아버지인 크라우스뿐만 아니라 열 두 마신이 모두 동의한 일이었다. 심지어 천계의 승인까지 난 상태였다.

게다가 레이샤드는 엘리자베스의 대행자였다. 엘리자베스의 의지를 받아 크로노스 왕국을 재건시킬 사명을 가진 자였다. 그런 대행자가 하찮은 여자의 유혹에 빠져 있는 것을 막은 것뿐인데 운명의 여신까지 나설 필요는 없는 것이다.

그러나 운명의 여신은 엘리자베스가 지나쳤다고 말했다.

"시험의 궁을 통과한 시험자라고 하더라도 그의 운명을 마음대로 주관할 수 있는 것은 아니랍니다. 권능자(시험자가 선택한 마신)에게 주어진 권한은 시험자의 앞에 놓인 수많은 운명 중 자신이 원하는 운명을 고르도록 이끄는 것뿐이랍니다. 시험자가 정해진 운명을 따르지 못하도록 방해해서는 안 되는 것이고요."

시험의 궁은 말 그대로 열두 마신들의 유희의 관문이었다. 그리고 그 관문을 통과한 시험자는 자신이 선택한 마신의 뜻에 따라 살아야 하는 운명을 가지게 된다.

하지만 그렇다고 해서 모든 삶을 마신의 뜻대로 사는 것은 아니었다. 인간은 태어나면서부터 수많은 운명의 실타래를 가지고 있다. 그 실타래를 함부로 끊는 건 이 세계를 만든 주신조차 하지 않는 일이었다. 그것을 열두 마신도 아닌 엘리자베스가 멋대로 하게 놔둘 수는 없었다.

"지금 엘리자베스가 레이샤드와 메르디아를 이은 운명의 실타래를 잘라 버린다면 엘리자베스는 그에 대한 책임을 지게 됩니다. 최악의 경우 모든 유희를 끝마치게 될 수도 있습니다."

체이르의 목소리가 제법 엄숙하게 변했다. 열두 마신들 중에서 엘리자베스를 가장 사랑한다고 자신하는 그녀였지만 운명에 있어서만큼은 양보란 없었다.

"하아……."

체이르의 의지를 확인한 엘리자베스가 무겁게 한숨을 내쉬었다. 그녀의 말처럼 메르디아가 마음에 들지 않는다고 해서 유희를 포기할 수는 없는 일이었다.

"알겠어요."

한참 동안 분을 삭이던 엘리자베스가 한발 물러났다. 다른 마신도 아닌 운명의 마신이다. 그녀의 화를 샀다간 마신의 운명도 꼬일 수가 있었다.

그러나 체이르는 단지 엘리자베스를 달래기 위해 중간계에 강림한 게 아니었다.

"그리고 엘리자베스, 내 이야기를 명심하세요. 레이샤드에게 필요 이상의 감정을 가지는 것은 자제하세요. 그리고 레이샤드와 다른 여인이 맺어지는 걸 방해하지 마세요. 엘리자베스에게는 마계에서의 삶이 있고 레이샤드에게는 중간계에서의 삶이 있답니다. 지금은 엘리자베스가 레이샤드의 곁에 머물 수 있지만 그 기간이 영원할 수는 없어요."

체이르가 엘리자베스에게 현실을 직시하라고 충고했다.

엘리자베스는 지금 레이샤드를 시험자 이상으로 아끼고 있었다. 자신의 의지를 대행해야 한다면서 지나치게 과보호하려 들었다. 특히나 여자와 관련된 일에서는 말이다.

엘리자베스의 바람처럼 레이샤드가 군주의 길을 걷다 보면 수많은 여자를 만나게 될 것이다. 그리고 그들과 운명의 실타래를 통해 사랑하고 다투고 만나고 헤어질 것이다.

이것은 애초에 정해진 레이샤드의 운명이었다. 거기다 레이샤드가 시험의 궁에 들면서 새로운 인연의 실타래들이 덧붙여졌다.

이 운명을 자르고 이을 수 있는 건 오직 레이샤드뿐이었다. 그 외에 누구도 그의 운명을 함부로 간섭해서는 안 되는 것이다.

실제로 수많은 군주를 만들어낸 권능과 탐욕의 신 파이야도 자신의 시험자들이 어떤 여자를 품는지에 대해 관여하지 않았다. 그의 운명이 허락한 여자라면 철저하게 방관했다. 그가 새로운 운명을 개척하는 과정에서 자신의 뜻과 위배되는 행동을 하지 않는 한 운명 선택의 자율성을 보장해 주었다.

그건 다른 마신들도 마찬가지였다. 애당초 그들에게 시험의 궁이란 중간계에 직접적인 간섭을 하지 못하는 천계와의 조약을 피해 만든 대행자 놀이에 지나지 않았다.

그 대행자에게 마신의 의지를 전부 담는다는 건 그 자체만으로도 위험천만한 일이었다. 만일 대행자가 마신의 의지를 고스란히 받아들여 천신들의 신전을 파괴하고 대륙에 피바람을 일으킨다면? 그때부터는 천계도 가만있지 않을 터였다.

천계가 시험의 궁의 정체를 알면서도 애써 눈감아 준 것은 마신들이 그 선을 넘지 않았기 때문이다. 그건 시험의 궁의 새로운 주관자가 된 엘리자베스도 지켜야 할 규칙이었다. 그 규칙을 깨뜨리면 시험의 궁 자체가 무의미해지고 말 것이다.

"하아……."

엘리자베스가 길게 한숨을 내쉬었다. 그녀 역시도 레이샤드의 운명에 직접적으로 관여해서는 안 된다는 사실을 잘 알고 있었다. 그러면서도 한편으로는 제국의 유력한 귀족이 아닌 일개 야수족 부족의 여인이 레이샤드의 품에 안기는 걸 두고 보지 못했다.

아니, 솔직히 말해 제국의 유력한 귀족이 레이샤드가 왕이 되는 걸 돕겠다 하더라도 엘리자베스는 그녀를 인정하지 못할 것이다. 아직 그녀는 레이샤드의 곁에 자신이 아닌 다른 여자가 있는 걸 용납할 마음의 준비가 되어 있지 않았다.

그 이유는 간단했다. 인간의 마음이란 간사한 법. 제아무리 꽃이 아름답다 하더라도 꺾을 수 없다면 결국 꺾을 수 있는 다른 꽃을 찾으려 들기 때문이었다.

엘리자베스는 처음부터 그 싹을 자르고 싶었다. 하지만 이미 성년이 되어버린 레이샤드에게 다른 여성들을 만나지 말라는 건 너무나 잔인한 요구였다.

"그럼 저는 어떻게 해야 하나요?"

엘리자베스가 푸념하듯 물었다. 차라리 마신이라면 마신의 인장이라도 내리겠지만 그러지 못하는 현실이 답답하기만 했다.

그런 엘리자베스의 속마음을 읽은 것일까.

"엘리자베스, 정말 레이샤드를 좋아하나요?"

체이르가 뜻밖의 질문을 했다.

엘리자베스는 마계의 황녀다. 그리고 장차 크라우스에 의해 마계의 하급 신의 반열에 들어설 고귀한 자였다.

하급 신에 들어선 이후에도 노력 여하에 따라 얼마든지 열두 마신의 자리 중 한 자리를 빼앗을 수 있었다. 그것이 엘리자베스에게 주어진 운명이며 그녀가 나아가야 할 길이었다.

　그래서 마신들 중 누구도 엘리자베스가 레이샤드와 평생을 함께 할 것이라는 생각은 하지 않았다. 심지어 함께 중간계로 내려온 마족들도 마찬가지였다.

　그런데 레이샤드를 좋아하느냐니. 이건 마신의 질문으로 적합하지 않았다.

　하지만 엘리자베스는 체이르의 질문이 장난처럼 느껴지지 않았다. 오히려 자신의 속마음을 들여다보고 자신을 대신해 물어봐 준 것만 같았다.

　"잘… 모르겠어요."

　엘리자베스가 대답을 회피했다. 그러면서도 그녀의 시선은 시간의 멈춤 속에 머물러 있는 레이샤드에게서 떨어질 줄 몰랐다.

　"하아. 엘리자베스, 험난한 길을 가려 하는군요."

　체이르가 씁쓸히 웃었다. 엘리자베스가 레이샤드와 메르디아의 운명의 실타래를 끊으려 할 때 어느 정도 예상은 했지만 눈앞의 엘리자베스를 보니 마음 한편이 무거워졌다.

　그러면서도 다른 한 편으로는 새로운 운명을 개척하려는 엘리자베스가 더 사랑스럽게 느껴졌다.

　본래 운명이란 그런 것이다. 정해진 길을 걷다가 새로운 길을 열어 나가는 것. 그것이야말로 진짜 운명이었다.

'그 선택을 후회하지 않는다면, 나도 두 사람의 운명을 억지로 어긋나게 만들지 않을게요.'

갈라진 공간으로 걸어 들어가며 체이르가 혼잣말처럼 중얼거렸다. 그런 그녀의 마음이 전해진 것일까.

"체이르 님."

상심했던 엘리자베스의 얼굴에 한줄기 희망이 감돌았다.

제48장

아르만 공작가에서 Part 1

1

"으윽."

간밤에 마셨던 말리 때문일까. 레이샤드는 머리가 지끈거렸다. 태어나서 지금까지 단 한 번도 숙취라는 걸 경험해 보지 못했기 때문에 머리 아픔의 고약함을 좀처럼 참아내기 어려웠다.

그러자 먼저 일어나 있던 메르디아가 레이샤드에게 시원한 물을 가져다주었다.

"드시면 좀 나아지실 거예요."

"……!"

레이샤드는 자신의 처소에 메르디아가 있다는 사실에 놀랐다. 그녀의 모습은 꿈속에서 보았던 그 모습과 똑같았다. 그렇다는 건 메르디아를 본 게 꿈이 아니라는 이야기였다.

하지만 이내 레이샤드는 메르디아가 내준 물을 벌컥벌컥 들이켰다. 어찌 된 일인지 고민을 해야 옳았지만 머리를 찌르는 고통은 그런 여유조차 주지 않았다.

그 사이 메르디아가 레이샤드의 궁금증을 풀어주었다.

"축제가 끝나고 많이 피곤하셨나 봐요. 어젯밤에 바로 주무셨어요."

메르디아는 자신이 레이샤드를 유혹했으며 레이샤드가 반쯤 넘어왔었다는 말은 하지 않았다. 레이샤드의 기억이 남아 있다면 그 정도쯤은 알아챌 것이라 여겼다.

"아… 그래요?"

레이샤드가 어색하게 웃어 보였다. 머릿속에 뒤죽박죽으로 남아 있는 기억과 메르디아의 설명이 다르긴 했지만 어쨌든 특별한 일이 없어서 다행이었다.

그때였다.

"레이, 일어났어요?"

레이샤드가 일어나기만을 기다리고 있던 엘리자베스가 밝은 얼굴로 들어왔다.

"방금 일어났어요."

레이샤드가 냉큼 자리에서 일어나 엘리자베스에게 다가갔다. 그러면서 슬쩍 메르디아 쪽을 바라봤다. 그녀가 어째서 자신과 함께 있는지 영문을 모르겠다는 얼굴로 말이다.

"레이, 저 아이라면 내가 설명해 줄게요."

엘리자베스는 레이샤드가 당황하지 않도록 바람 부족의 전통을 자세하게 설명했다. 축제의 목적은 귀한 손님을 극진히 대접하는 것이며 부족의 처녀들이 구애의 춤을 펼칠 때 그 손님이 누군가를 선택하면 그녀는 그 손님의 여자가 된다는 것도 알려주었다.

"나, 난 그런 뜻으로 말을 한 게 아닌데……."

엘리자베스의 이야기를 듣던 레이샤드가 적잖게 당황을 했다. 말리에 취해 자신의 눈에 예뻐 보이는 메르디아를 지목한 것은 사실이지만 그 목적이 그녀를 품기 위해서는 아니었다.

"알아요, 레이. 하지만 부족장과 메르디아는 그렇게 알고 있어요. 어떻게 할래요? 지금이라도 모든 것을 없었던 일로 해달라고 부탁할래요? 아니면 실수라 하더라도 레이의 선택을 받아들일래요?"

2

엘리자베스가 두 가지 방법을 일러주었다.

하나는 모든 것을 원점으로 되돌리는 것. 다른 하나는 자신의 결정에 책임을 지는 것.

레이샤드는 가능하다면 자신의 선택을 되돌리고 싶었다. 만약 축제의 그날 밤으로 돌아갈 수만 있다면, 라힘달의 질문의 뜻을 이해하고 신중히 대답할 기회가 생긴다면 정말 좋을 것 같았다.

하지만 이제 와서 그 선택을 되돌리기란 쉽지 않았다.

엘리자베스는 라힘달이 레이샤드를 귀한 손님이라고 여겼기 때문에 축제를 열고 처녀를 고를 기회를 준 것이라고 말했다. 레이샤드로서는 이해하기 어려운 풍습이었지만 그렇다고 라힘달의 호의를 이대로 무시할 수는 없는 노릇이었다.

게다가 레이샤드가 메르디아를 선택했다는 사실을 바람 부족 전체가 알고 있다고 했다. 이 상황에서 레이샤드가 메르디아를 거부한다면? 그건 바람 부족 전체에게 상처를 주는 일이 될 수 있었다.

그렇다고 해서 무작정 이 상황을 받아들이는 것도 간단치가 않았다.

레이샤드는 한 영지의 주인이기 이전에 제국 황실의 일원이었다. 그리고 제국의 황족은 황실에서 인정한 여성만을 반려자로 맞이할 수 있었다.

물론 황실이 인정하지 않은 여자와 혼인 관계를 유지하는 게 불가능한 일은 아니었다.

황실이 대륙에서도 손꼽히는 정보기관을 운영하고 있긴 하지만 대륙의 모든 여성들에 대한 인성을 파악하고 황족이 될 자격이 있는지를 결정하기란 불가능에 가까운 일이었다. 유력 후보들은 검토가 이루어지겠지만 그들과 황족이 결혼할지에 대해서는 그 누구도 장담하기 어려운 일이었다.

그래서 혼인 이후에 황실 명부에 기록될 수 있는지에 대해 심사가 이루어지는 경우도 적지 않았다. 하지만 혼인 이후에도 황실의 인정을 받지 못한다면 그 혼인 관계는 공식적으로 존재하지 않는 게 되어버린다.

하르베스 폐황태자는 반려자감을 고를 때 신중하고 또 신중해야 한다고 레이샤드에게 가르쳤다. 장차 레이샤드가 제국 황실로 돌아갔을 때 불미스러운 일로 책을 잡히는 일이 없도록 하기 위함이었다.

레이샤드는 하르베스 폐황태자의 뜻을 따라 아무 여자에게나 마음을 주려 하지 않았다. 그렇다고 제국 황실의 눈치를 보았던 것은 아니었다. 그보다는 자신의 처지를 고려한 판단이었다.

레이샤드의 반려자는 척박한 아베론 영지에서 평생을 살아야 한다. 지금이야 발전의 기미가 보이고 있지만 얼마 전까지만 해도 아베론 영지는 마기가 득실거리는, 지도상에도 존재하지 않는 영지였다. 그런 곳에서 살아가려면 예쁘고 똑똑한 게 필요 없었다. 그보다는 심성이 곧고 의지가 강하며 인내심이 높은 여자가 더 잘 적응할 수 있었다.

그런데 하룻밤 사이에 생각지도 않았던 평생을 책임져야 할 여자가 생겨 버렸다. 메르디아에게는 미안한 이야기지만 레이샤드는 그저 머리가 지끈거렸다. 이 일을 어찌 처리해야 할지 난감하기만 했다.

"선택을 되돌리고 싶어요?"

레이샤드의 표정을 살피며 엘리자베스가 넌지시 물었다. 만약 레이샤드가 진심으로 자신의 선택을 되돌리고자 한다면 얼마든지 도와줄 수는 있었다. 마음 같아서는 아버지인 크라우스의 권능이라도 빌어서 시간을 과거로 되돌리고 싶었다. 하지만 그랬다간 천계에서 가만있을 리 없었다.

3

가장 현실적인 방법은 바람 부족 전체에 기억 삭제 마법을 거는 것이다. 다시 말해 레이샤드가 축제에 참석했다는 사실 자체를 없었던 일로 만드는 것이다.

하지만 그랬다간 레이샤드에 대한 라힘달과 바람 부족의 호감마저 한꺼번에 사라지고 말 것이다.

레이샤드는 간밤에 메르디아만 선택한 게 아니었다. 전사의 시험에 참여해 모두가 보는 앞에서 갈고닦았던 검술 실력을 선보였다. 그리고 바람 부족의 전사로 인정받았다.

레이샤드의 생애에서 아마 지난밤처럼 즐겁고 행복했던 기억은 없었을 것이다. 엘리자베스는 그런 레이샤드의 추억을 이런 식으로 지워 버리고 싶지 않았다. 그것은 운명의 여신 체이르가 당부한 것처럼 레이샤드가 만든 운명의 실타래를 멋대로 자르는 꼴밖에 되지 않았다.

"레이, 너무 어렵게 생각하지 마요. 본래 군주는 필요에 따라 여러 명의 아내를 둘 수 있어요."

엘리자베스가 가장 현실적인 예를 들어 레이샤드를 설득했다. 그녀는 지금 레이샤드에게 필요한 게 생각할 시간이 아니라 이 상황을 받아들일 수 있는 명분이라는 걸 정확하게 알고 있었다.

엘리자베스의 말처럼 대륙의 군주들 중 죽을 때까지 한 명의 여성만 곁에 둔 자는 없다시피 했다. 재위 기간이 지나치게 짧은 군주라면 모르겠지만 대부분 그 이상의 여성들과 삶을 함께했다.

군주란 말 그대로 권력의 정점에 선 자다. 그리고 군주는 자신을 우러러보는 이들의 욕망을 어느 정도 충족시켜 줘야만 했다.

자신을 따르는 이들의 충성심을 더욱 단단하게 만드는 데 있어 정략혼만큼 좋은 수단은 없었다. 게다가 군주의 첫 번째 덕목은 많은 후사를 보는 것이다. 그래야만 유사시에 나라의 근간이 흔들리는 걸 막을 수 있었다.

딱히 군주가 아니더라도 귀족들이나 돈 많은 상인들도 마찬가지였다. 때로는 후사를 이을 아들을 낳기 위해, 때로는 본처의 가문과 생긴 불화 때문에, 온갖 이유를 들며 새로운 여자들을 후처로 들이는 경우가 많았다.

엘리자베스는 레이샤드가 평생 메르디아 하나만 바라보고 사는 걸 원치 않았다. 만약 그럴 것 같았다면 운명의 여신 체이르가 막아서더라도 어떻게든 메르디아를 없애 버렸을 것이다.

하지만 운명의 여신 체이르는 레이샤드의 운명 속에 수많은 여자가 존재한다고 말했다. 그중 몇 명이나 레이샤드의 곁에 머물 수 있게 될지는 모르지만 레이샤드가 군주의 길을 걷기로 한 이상 필연적일 수밖에 없다고 설명했다.

"레이. 영지를 위해서, 또는 가문을 위해서, 혹은 레이가 좋아하는 누군가를 위해서 앞으로도 여러 여자를 만나게 될 거예요. 그리고 그들 중 일부와는 결혼도 하게 될 거예요. 그건 레이가 아베론의 영주이고 제국의 황자이기 때문에 어쩔 수 없이 겪게 되는 운명과도 같은 거예요. 그러니까 너무 자책하지 마요. 어쩌면 레이가 메르디아를 선택한 것도 그 운명의 하나일 수 있으니까요."

엘리자베스가 레이샤드를 타일렀다. 하지만 심각해진 레이샤드의 얼굴은 좀처럼 펴질 줄 몰랐다.

'너무 어려서 그런가.'

엘리자베스는 나직이 한숨을 내쉬었다. 만약 레이샤드가 아니라 다른 귀족이었다면 지금의 상황에 대해 레이샤드처럼 고민하거나 걱정하지 않았을 것이다. 오히려 새로 얻은 야수족 여인을 품에 안을 궁리를 했을 것이다. 그것이 권능과 탐욕의 신 파이야가 권력을 가진 남자들에게 허락한 소유욕이었다.

하지만 레이샤드는 아직 제대로 여자를 겪어보지 못했다. 그래서 야수족치고는 제법 예쁘게 생긴 메르디아를 보면서도 그 어떤 흑심조차 가지지 못했다.

이래서는 나중에 밀려드는 여난(女難)을 감당하지 못할 것이다.

'안 되겠어.'

엘리자베스가 슬그머니 마력을 끌어 올렸다. 그리고 레

이샤드를 다독이는 척하며 그의 몸에 욕망의 기운을 집어 넣었다.

본래라면 마신의 권능을 통해 진즉에 부여되었을 것이다. 하지만 엘리자베스는 마신이 아니다 보니 마신의 권능을 사용하지 못했다. 그래서 이렇게 직접적으로 레이샤드의 감정을 통제했다.

스아아아아.

엘리자베스의 의지가 검은 마나를 타고 레이샤드의 머릿속으로 흘러들어 갔다. 그러자 지나치게 깊은 고민에 빠져 있던 레이샤드의 표정이 점점 밝아졌다.

"메르디아, 네 생각은 어때?"

조금 더 고민하던 레이샤드가 메르디아를 바라봤다. 조금 전처럼 일방적인 자책은 하지 않았지만 적어도 자신의 의지와 상관없이 진행된 일인 만큼 메르디아의 의사는 확인하고 싶은 모양이었다.

하지만 메르디아의 의사는 굳이 물어볼 필요가 없었다. 만약 그녀가 레이샤드라는 인간과 함께하고 싶은 마음이 없었다면 아마 아침까지 레이샤드의 곁에 남아 있지 않았을 테니까.

"저는 좋아요."

메르디아가 레이샤드가 아닌 엘리자베스의 눈치를 살피

며 고개를 끄덕였다.

"진심이야?"

레이샤드가 다시 물었다. 그러자 메르디아가 대답 대신 고개를 크게 끄덕거렸다.

"그렇다면 나와 함께 가자."

레이샤드가 이내 고민을 끝냈다. 이렇게 된 이상 메르디아를 아베론 영지로 데려가는 수밖에 없을 것 같았다.

"잘 생각했어요, 레이. 그리고 부족장이 레이를 아침 식사에 초대했어요. 그러니까 어서 준비해요."

엘리자베스는 레이샤드가 또 다른 고민에 빠져 있지 않도록 천막 밖으로 내보냈다. 천막 밖에는 아르메스가 진즉부터 서서 레이샤드가 나오기만을 기다리고 있었다.

자연스럽게 주인이 사라진 레이샤드의 처소 안에는 엘리자베스와 메르디아만 남게 됐다.

"조금 전 네가 보고 들었던 것들은 어젯밤 일처럼 전부 잊어버리는 게 좋을 거야. 그게 어렵다면 내가 언제라도 네 기억을 지워 버릴 수도 있어."

레이샤드가 사라지자 엘리자베스가 언제 그랬냐는 듯 싸늘한 얼굴로 말했다. 운명의 여신 체이르의 만류 때문에 메르디아를 마지못해 받아들이긴 했지만 그뿐이다. 그렇다고 해서 메르디아를 예뻐할 마음은 추호도 없었다.

"저는 아무것도 보지도 듣지도 못했으니 안심하세요."

메르디아가 나직한 목소리로 대답했다. 엘리자베스가 표정은 저래도 은연중에 자신을 위해주고 있다는 생각이 든 것이다.

엘리자베스는 메르디아에게 다른 부족의 누군가에게 쓸데없이 입을 놀리지 말라고 경고했다. 그 과정에서 레이샤드에 대한 안 좋은 소문이라도 나돈다면 애써 레이샤드의 마음을 돌린 의미가 없어질 터였다.

하지만 메르디아는 그 말뜻을 다르게 해석했다.

'레이샤드는 아직 어려. 여자를 경험해 보지 못했지. 그래서 지금은 많이 혼란스러워할 거야. 그러니까 너도 이해하렴. 레이샤드가 너를 받아들이지 않으려 했다고 오해하고 괴로워하지 말고. 알았지?'

처음 엘리자베스를 봤을 때 메르디아는 상당한 충격을 받았다. 인간들의 미적 기준과 야수족의 미적 기준이 다른 탓에 지금껏 예쁘다는 인간 여자를 보고도 단 한 번도 공감해 본 적이 없었다. 인간의 반려자로 평생 살아야 한다는 운명 때문에 대륙에서 아름답기로 유명하다는 여자들의 초상화도 구해봤지만 그뿐이었다. 그들의 화려한 치장에 눈길이 갈 뿐이지 외모 자체가 아름답다는 생각은 전혀 들지 않았다.

하지만 엘리자베스를 보면서 그 생각이 달라졌다. 엘리자베스의 첫 모습은 아름다움, 그 자체였다. 그 외에 다른 말로는 설명이 되지 않았다.

그런 엘리자베스가 전날 밤 레이샤드의 처소로 쳐들어왔을 때 메르디아는 기쁘면서도 한편으로는 절망했다. 그토록 가까이서 보고 싶었던 엘리자베스가 눈앞에 나타났으니 꿈만 같았지만 그녀와 한 남자를 두고 다퉈야 한다는 현실이 야속하기만 했다.

비록 종족과 외향은 다르지만 같은 여자로서 엘리자베스는 감히 범접할 수 없을 만큼 사랑스러웠다. 그녀에 비한다면 바람 부족에서 최고의 미녀 자리를 놓고 다투던 자신은 그저 추할 뿐이었다.

그런데 알고 보니 엘리자베스가 인간이 아니었다. 감히 우러러볼 수조차 없는 신계의 고귀한 자였다.

그때부터 메르디아는 엘리자베스가 좋아졌다. 엘리자베스가 두렵긴 했지만 그만큼 그녀와 가까워지고 싶은 욕심이 들 정도였다.

게다가 엘리자베스는 지난밤 메르디아를 허락하겠다고 말했다.

메르디아에게는 엘리자베스의 그 한마디가 그 어떤 말보다 더 큰 위안이 되었다. 비록 야수족의 전통에 따라 레이샤드의 여자가 되긴 했지만 그것은 어디까지나 바람 부족의 입장에 불과했다. 레이샤드를 따라 아베론 영지에 갔는데 가문에서 인정을 받지 못한다면? 그때부터는 이러지도 저러지도 못하는 신세가 되고 만다.

그래서 메르디아는 어젯밤에 어떻게든 레이샤드의 품에 안기려 했다. 레이샤드의 여자가 되는 방법 중 육체적인 관계만큼 확실한 것은 없었다.

하지만 지금은 마음이 편했다. 레이샤드와 한동안 함께하지 못한다 해도 마찬가지였다.

엘리자베스라는 위대한 존재가 자신을 허락해 주었다. 그렇다면 레이샤드와 그의 가문도 자신을 받아줄 것 같았다.

실제로 엘리자베스는 메르디아가 보는 앞에서 레이샤드를 달래어 라힘달의 호의를 받아들이도록 만들었다.

엘리자베스는 스스로를 레이샤드의 보호자라고 말했다. 그러나 메르디아는 오히려 그녀가 자신의 든든한 보호자처럼 느껴졌다.

'영악하구나.'

메르디아의 속내를 들여다보던 엘리자베스가 속으로 코

웃음을 쳤다. 메르디아를 처음 상대했을 때부터 맹랑하다는 생각이 들었지만 이 정도일 줄은 미처 몰랐다.

그러나 메르디아가 자신을 좋아하고 자신의 말을 따르려 노력하는 점만큼은 마음에 들었다. 그래야만 추후에 어떤 일이 벌어지더라도 메르디아를 원하는 대로 통제할 수 있을 터였다.

그렇다고 고작 야수족 여인인 메르디아에게만 레이샤드와 평생을 함께하는 영광을 허락할 수는 없는 일이었다.

"어젯밤에 내가 했던 말, 기억하고 있겠지?"

엘리자베스가 메르디아를 바라보며 물었다. 어젯밤 그녀는 운명의 여신 체이르의 충고만 따른 게 아니었다. 마지못해 메르디아를 허락하긴 했지만 몇 가지 조건을 달았다.

4

그 첫 번째는 별도의 지시가 있기 전까지 레이샤드와 육체적인 관계를 할 수 없는 것. 그리고 두 번째는 레이샤드가 어떤 여자를 아내로 맞아들이더라도 시기하지 않을 것.

첫 번째 조건은 메르디아도 얼마든지 따를 수 있었다. 아직 레이샤드가 어린 데다가 이곳은 아베론 영지와는 멀리 떨어진 아단 산맥이다. 엘리자베스가 자신을 인정해 줬는

데 굳이 조바심을 낼 만큼 메르디아는 어리석지 않았다.

두 번째 조건은 여자라면 솔직히 받아들이고 싶지 않았다. 그러나 받아들여야 한다는 사실을 메르디아는 잘 알고 있었다.

엘리자베스는 레이샤드가 장차 제국을 뛰어넘을 거대한 나라의 주인이 될 것이라고 말했다. 다른 사람도 아니고 위대한 그녀의 말이 틀리지는 않을 터. 그 과정에서 수많은 여인과 결혼하게 될 것은 어찌 보면 당연한 일이었다.

그것은 바람 부족도 별반 다르지 않았다. 부족장인 라힘달은 차치하더라도 야수족 장로인 아버지만 봐도 세 명의 아내를 두었다.

아버지는 젊은 시절 대전사로 활약하며 부족에 큰 공을 세워 첫 번째 아내를 만났고 다른 부족과의 전쟁 때 또다시 공을 세워 두 번째 아내를 얻게 됐다. 그리고 부족을 대표해 인간들과 거래하는 과정에서 인간들에게 노예로 붙들렸던 야수족 여인을 구해 세 번째 아내로 삼았다.

성년이 된 이후로 세 명의 어머니를 두게 됐지만 메르디아는 아버지를 단 한 번도 비난한 적이 없었다. 오히려 아버지가 세 명의 아내를 맞이할 만큼 강한 사내라는 사실이 좋았다. 늘어난 아내들 때문에 사랑받지 못하는 어머니를 볼 때마다 안쓰럽긴 했지만 그렇다고 해서 다른 아내들을 미워하고 싶지 않았다.

설사 자신이 같은 처지에 놓인다 하더라도 메르디아는 그 마음을 잃지 않을 생각이었다. 물론 그 고통을 지켜보는 입장과 직접 겪는 입장은 전혀 다르겠지만 적어도 여자 문제로 레이샤드를 미워하거나 그를 심란하게 만들고 싶지 않았다.

정작 문제는 세 번째 조건이었다.

엘리자베스는 메르디아에게 죽을 때까지 레이샤드의 아이를 갖지 말라고 말했다. 여자에게 있어 사랑하는 사내의 아이를 갖는 것보다 더 큰 축복이 없었지만 엘리자베스는 그저 치기로 한 말이 아닌 듯 단호하게 선을 그었다.

이유는 간단했다. 엘리자베스가 생각한 대제국은 지금의 레오니스 제국보다 더 오랫동안 번영을 유지해야만 했다. 그러기 위해서는 다른 무엇보다 후계자 문제가 명확해야만 했다.

이 세상이 창조될 때 대륙의 지성을 갖춘 피조물(주신, 혹은 천신과 마신에 의해 만들어진 것들)들은 빛의 종족과 어둠의 종족으로 나뉘어 있었다. 그리고 빛의 종족은 빛의 종족끼리만 교배가 가능했다. 어둠의 종족도 마찬가지. 빛의 종족과 어둠의 종족 간 교배는 그 자체가 불가능한 일이었다.

시간이 지나면서 빛의 종족들 간에도 세부종 간의 교배가 어려워지기 시작했다. 이를테면 빛의 종족을 대표하는 엘프와 드워프는 시간이 지나면서 서로 다른 방향으로 진화해 나갔다. 그 진화는 궁극에는 서로의 아이를 가질 수 없는 상태로까지 이어졌다.

어둠의 종족들의 상황도 비슷했다. 빛의 종족들과는 달리 어둠의 종족들은 같은 어둠 안에 거하고 있음에도 불구하고 다른 어둠의 종족들을 인정하려 들지 않았다. 자연스럽게 다른 어둠의 종족과 섞인 하프종을 차단했다. 그런 변종의 탄생이 장차 큰 화근거리가 될 것임을 잘 알고 있기 때문이었다.

그러던 게 주신이 인간을 창조하면서부터 상황이 달라졌다. 인간은 빛과 어둠, 그 어디에도 속하지 않은 혼돈의 존재였다. 그래서 빛과도, 어둠과도 어울릴 수 있고 빛과 어둠 양쪽에서 배척당하기도 했다.

주신이 만든 인간의 혈통이란 대단한 것이었다. 인간은 노력 여하에 따라 빛의 종족은 물론이고 어둠의 종족과도 혈통을 섞을 수 있었다. 인간의 형질이 이종족의 형질을 밀어내지 않고 그 특성을 흡수해 버리기 때문이었다.

물론 그렇다고 해서 모든 이종족의 하프종(인간 이외의 피가 섞여 태어난 이들)이 인정받는 건 아니었다. 인간은 어떤 인종과도 결합할 수 있지만 그렇기 때문에 더욱 철저하게 하프종들을 따지고 배척해 왔다.

5

오래전 대륙이 인정한 하프종은 다음과 같았다.

첫째로 인성을 유지할 수 있어야 하며 둘째로 인간과 어우러질 수 있고 마지막으로 인간의 문화 속에서 살 수 있어야 한다는 것이다.

그 첫 번째 조건에서 대부분의 어둠의 종족 태생의 하프종들은 인정받지 못했다. 제아무리 인간의 혈통이 다른 이종족의 혈통을 받아들인다 하더라도 천성 자체가 포악한 어둠의 이종족의 성정까지 완벽하게 억누르기란 쉽지 않았기 때문이다.

두 번째 조건은 일부 하프종들을 제외한 대부분의 하프종들이 가지고 있었다. 인간과 어우러질 수 있다는 건 다시 말해 인간스러운 외형을 뜻했다. 물론 각 하프종들마다 크고 작은 차이는 있겠지만 그것이 인간들 속에서 불쾌함이나 혐오감을 줄 정도가 아니어야 한다는 것이다. 다행히 인간은 그 어떤 이종족과 섞이더라도 기본적인 혈통을 유지하고 있기 때문에 하프종들 중 인간의 외형에서 크게 벗어나는 경우는 극히 드물었다.

하프종을 인정하는 세 가지 조건 중 가장 까다로운 건 마지막 세 번째였다. 인성을 갖추고 인간다운 외모가 있다고 하더라도 인간의 문화 속에서 살지 못한다면 더 이상 하프종이 아니라는 의미였다.

인간 세계에서 일반적으로 통용되는 하프종이란 이종족의 피를 물려받은 인간을 의미했다. 이종족의 혈통 때문에 외형이나 성격이 조금 다르다 하더라도 본질은 같은 인간이기 때문에 그 어떤 차별도 하지 않겠다는 뜻이었다.

그것은 이종족의 피가 섞여 태어난 이들을 지칭하는 학계의 하프종과는 분명 차이가 있었다. 다시 말해 설사 인간과 똑같은 하프종이라 하더라도 인간으로 살기를 거부한다면, 그때부터는 철저하게 이종족으로 배척하겠다는 뜻이었다.

이 세 가지 조건을 놓고 봤을 때 야수족의 하프종은 인간들에게 인정받을 수 있는 몇 안 되는 하프종들 중 하나였다.

본래 야수족은 어둠의 일족이었다. 마신들에 의해 처음 만들어졌을 때만 하더라도 야수족의 흉폭함은 어둠의 일족들 중 첫손에 꼽힐 정도였다. 그러나 인간들이 만들어지기 이전에 있었다던 몇 차례 천마대전(천계와 마계의 대립으로 인해 대륙의 빛의 종족과 어둠의 종족이 싸웠던 전쟁)을 거치며 어둠보다는 빛 쪽으로 성향이 움직이기 시작했다. 무분별하게 살육을 일삼는 다른 어둠의 일족들보다 무리를 지어 공생하는 빛의 일족들의 삶에 감화가 된 것이다.

제국의 인종학자들은 현재의 야수족을 빛의 종족은 아니지만 빛의 종족에 가까운 어둠의 종족으로 분류하고 있다. 그리고 인간과 가장 가까운 존재로 평가하고 있다.

성향이 인간에 가까운 만큼 근래의 야수족 하프종들은 골격이 좋은 인간이라고 봐도 무방할 정도로 인간들과 외모가 닮아 있었다. 거기다 인간들의 문화권에서 생활하는 데 별다른 거부감이 없었다. 그래서 최근에는 다루기 까다로운 엘프 성노예보다 인간과 가까운 야수족 성노예가 이종족 노예 시장에서 각광받을 정도였다.

하지만 엘리자베스는 레이샤드가 슬하에 야수족 하프종을 두는 것을 원치 않았다.

야수족 하프종의 경우 외형은 인간을 따르지만 성장 속도는 야수족에 가까웠다. 채 일곱도 되지 않아 육체적인 성장을 끝내 버리니 어떤 경우에든 다른 형제들보다 두각을 보일 수밖에 없었다.

만일 메르디아가 레이샤드의 아이를 가진다면? 레이샤드가 다른 여자들을 통해 아이를 낳는다 하더라도 메르디아의 아이보다 앞설 가능성이 없었다. 뿐인가? 만일 첫 번째로 아이를 낳기라도 하게 되면 정통성까지 갖추게 된다. 정통성을 갖춘 야수족 하프종이 군주나 유력 귀족의 자식일 경우 후계자 분쟁이 치열해지는 건 대륙의 역사만 보더라도 알 수 있었다.

메르디아가 늦게 아이를 갖는다고 해도 문제가 해결되지는 않는다. 그 아이가 나이 많은 형들을 제치고 앞서간다면 그것은 그것대로 분란의 여지가 컸다.

레이샤드가 세운 나라가 하루아침에 황금기를 누릴 가능성은 없었다. 마신들의 축복을 쏟아붓는다 하더라도 나라를 반석 위에 세우기 위해서는 적잖은 시간이 필요했다.

그리고 나라를 안정시키는 가장 좋은 방법은 후계 문제로 인해 국력이 분열되지 않는 것이다.

메르디아에게는 미안한 이야기지만 엘리자베스는 애당초 그녀의 자식을 후계 구도에 포함시키지 않았다. 아니, 처음부터 메르디아란 존재는 레이샤드의 여자들 속에 없었다.

그나마 다행인 것은 메르디아도 레이샤드의 자식에 대해 큰 욕심을 부리지 않는다는 점이다.

과거 메르디아에게 인간의 반려자가 될 것이라 예언했던 점술사는 자식을 낳지 못할 것이라고 덧붙였다. 그리고 자식을 갖지 않는 게 평생 남편에게 사랑받는 유일한 길이라고 말했다.

물론 언제고 메르디아도 나이를 먹게 되면 레이샤드를 닮은 자식을 갖고 싶은 욕망에 사로잡히게 될 것이다. 그러나 다행히도 지금은 아니었다. 점술사의 점술대로 운명이 맞아떨어진다면 아이를 포기하고 행복을 쟁취하는 게 더 현명한 선택 같았다.

"알겠어요."

메르디아가 깊숙이 고개를 숙였다.

"그 약속, 결코 어겨서는 안 될 거야."

고분고분한 메르디아가 마음에 들었는지 엘리자베스의 입가로 묘한 웃음이 번졌다.

제49장

아르만 공작가에서 Part 2

1

라힘달과 함께 식사를 끝마친 레이샤드는 아르만 공작가
로 떠날 채비를 서둘렀다. 본래라면 점심을 먹은 다음에 출
발할 생각이었지만 라힘달과 루드니가 짓궂게 어젯밤의 일
을 물어대는 통에 도저히 바람 부족에 머무를 수가 없었다.

다행히도 출발 준비는 금세 끝이 났다. 이미 계획된 일정
인 데다가 아르메스가 워낙 꼼꼼하다 보니 레이샤드가 옷
을 갈아입고 나오는 동안 모든 게 완벽하게 갖춰져 있었다.

"이렇게 보내기 섭섭한데 며칠 더 머물다 가는 건 어떤
가?"

라힘달이 아쉬운 목소리로 말했다. 이제야 레이샤드가 바람 부족의 일원같이 느껴졌는데 바로 떠난다고 하니 꼭 자식을 멀리 떠나보내는 심정마저 들었다.

"저도 그러고 싶지만 아르만 공작께서 기다리고 있으니까요. 언제고 기회가 되면 다시 찾아올게요. 그동안 정말 고마웠어요."

레이샤드가 영악하게 아르만 공작의 핑계를 댔다. 아닌 게 아니라 아르만 공작은 레이샤드가 오기만을 눈이 빠지게 기다리고 있었다. 그것도 아르만 공작가와 친분이 두터운 인근 귀족들까지 모조리 초대해서 말이다.

이 상황에서 레이샤드가 길을 지체한다면 아르만 공작의 입장이 난처해질 수밖에 없었다.

"그렇다면 어쩔 수 없지. 부디 건강하시게. 그리고 명심하시게. 레이샤드, 그대는 우리 바람 부족의 전사라는 것을."

라힘달이 부족의 입구까지 따라 나와 레이샤드를 배웅했다. 그의 뒤로 바람 부족의 최정예 전사들이 함께 움직였다.

그 모습이 어찌나 장관이던지 레이샤드의 뒤를 따르던 폭풍의 용병단은 적잖게 주눅이 들어버렸다.

"뭐야, 이놈들? 우리가 알고 있던 바람 부족 맞는 거야?"

마차 밖을 바라보며 라시아이언이 불만스럽게 투덜거렸다.

바람 부족은 전쟁의 위험이 도사리는 내내 폭풍의 용병단에게 고압적인 자세를 유지해 왔다. 일개 전사들조차 대전사라도 되는 것처럼 폭풍의 용병단을 향해 고개를 빳빳이 들었다.

그 이면에는 인간들에게 얕보이지 않겠다는 이종족 특유의 고집이 숨어 있었다.

그런데 레이샤드가 떠난다고 하니 자존심도 내팽개쳐 버리고 우르르 따라나섰다. 얼마 전까지 폭풍의 용병단을 우습게 여기던 녀석들이 맞나 싶을 정도였다.

그러자 헤이나가 이상할 것 없다는 투로 말했다.

"그거야 아베론의 영주가 바람 부족의 친구가 됐으니까 그렇겠죠."

"바람 부족의 친구라니? 그건 또 무슨 말인데?"

"몰랐어요? 부족을 떠나기 전에 야수족 여인에게 물으니 아베론의 영주가 지난밤에 부족의 친구로 인정받았다는데요?"

헤이나는 하프 엘프다. 그리고 어린 시절 엘프들과 함께 생활해 왔다. 그래서 인간인 라시아이언보다 이종족들의 삶을 더 잘 알고 있었다.

이종족들에게 있어서 친구란 인간들이 생각하는 단순한 의미의 친구와 달랐다. 자신과 동등한, 혹은 그 이상의 존재. 그리고 존경하고 아끼며 기쁨을 함께하고 슬픔을 나누며 위험에 처했을 때 목숨을 걸고 나설 수 있는 존재. 그런 존재를 가리켜 친구라 부른다.

특히나 같은 일족이 아닌 다른 이종족이나 인간이 친구로 인정받았을 때는 더욱 귀한 손님이 된다. 인종의 벽을 허물고 소통했으니 그보다 더 특별한 존재는 없을 터였다.

하지만 정작 라시아이언은 레이샤드가 바람 부족의 친구가 되었다는 사실보다 어떻게 그것이 가능한지가 더 궁금했다.

"이봐, 사이먼. 뭔가 아는 거 있어?"

라시아이언의 시선이 사이먼에게 향했다. 안티몬을 통해 어제 사이먼이 밖을 조사했다는 사실을 들어 알고 있었다.

그러자 내내 입을 다물고 있던 사이먼이 무겁게 한숨을 내쉬었다. 그렇지 않아도 따로 시간을 내서 모두에게 진지하게 이야기해 줄 생각이었다.

레이샤드의 진면목은 폭풍의 용병단의 앞날에도 중요한 변수이기 때문이었다.

하지만 라시아이언이 흥분해 버린 이상 진지한 대화는 저만치 물 건너가 버리고 말았다.

"어젯밤. 아베론의 영주를 위한 축제가 있었다. 그리고……."

사이먼이 어젯밤 보고 들은 것에 설명하려고 입을 열었다. 그러나 그보다 라시아이언의 반응이 더 빨랐다.

"뭐? 축제? 그런데 왜 우린 빼놓은 거야? 어?"

라시아이언은 흥분을 감추지 못했다.

분명 사이먼의 입에서 레이샤드를 위한 축제라는 설명이 나왔지만 그의 귀는 오직 축제라는 단어만을 걸러 들은 모양이었다.

용병들은 대부분 축제를 좋아한다. 늘 생사의 갈림길에 서서 싸우는 용병들에게 아무 생각 없이 먹고 마시며 오늘을 즐길 수 있는 축제처럼 좋은 휴식은 없었다.

그중에서도 라시아이언은 병적으로 축제를 즐겼다.

은밀히 이동 중에도 몰래 축제를 즐기다 사고를 친 적이 한두 번이 아닐 정도였다.

"네가 이러니까 빼놓았겠지. 그리고 사이먼의 이야기 못 들었어? 아베론의 영주를 위한 축제라잖아."

보다 못한 헤이나가 나섰다. 만약 자신이었다 하더라도 절제가 안 되는 라시아이언은 결코 축제에 포함시키지 않았을 것이다.

하지만 라시아이언은 누군가를 위한 축제 자체를 이해하

지 못하는 얼굴이었다.

"그러니까 왜 축제 때 우리만 따돌린 거냐고?"

"너 귀가 먹은 거야? 내 말 안 들려? 내가 조금 전에 아베론의 영주를 위한 축제라고 했잖아!"

"그래, 들었어. 그러니까 네 말은 레이샤드인지 뭔지 하는 그 꼬맹이를 위한 축제란 말이잖아."

"말조심해! 존칭을 쓰든지 아니면 아베론의 영주라고 불러. 누가 들으면 어쩌려고 그래?"

"지금 그게 중요한 게 아니잖아! 그러니까 어째서 그 꼬맹이가 주인공인 축제에 우리가 빠질 수 있느냐는 거야!"

"그건 또 무슨 억지야?"

"억지라니? 잘 들어봐. 우린 이미 아베론 영지에 고용된 몸이잖아. 그럼 당연히 우리도 불렀어야 하는 거 아냐?"

"허……!"

생각지도 못했던 라시아이언의 설명에 헤이나는 물론이고 사이먼과 안티몬마저 할 말을 잃고 말았다. 오늘 아침까지만 해도 아베론 영지에 가는 게 찜찜하다며 투덜대던 라시아이언이 언제부터 아베론 영주 일가의 사람이 되었단 말인가. 아무리 용병의 말이 가볍다곤 해도 라시아이언은 너무나 가벼워 보였다.

하지만 라시아이언은 그만큼 축제가 고팠다. 얼마 전까

지만 해도 목숨을 걸고 전쟁을 치러야만 하는 상황이었던 탓에 자신도 모르게 지나가 버린 축제가 더없이 아쉽기만 했다.

그런 라시아이언을 달래듯 안티몬이 한심스러운 표정을 애써 감추며 말했다.

"너무 걱정하지 마십시오, 라시아이언 님. 아르만 공작가에 가면 축제 못지않은 연회를 즐기시게 될 테니까요."

정보에 따르면 아르만 공작은 레이샤드 일행을 위한 성대한 연회를 준비하고 있다고 한다. 폭풍의 용병단 전체가 어우러지는 축제라면 또 모르겠지만 폭풍의 용병단을 대표한 네 사람만 떠나 온 상황이라면 축제보다는 연회를 즐기는 편이 나았다.

그런 안티몬의 위로 아닌 위로가 위안이 되었을까.

"젠장."

라시아이언이 겨우 감정을 추슬렀다. 바람 부족의 축제가 아쉽긴 했지만 그래도 명색이 공작가에서 여는 연회인 만큼 그쪽으로 관심이 넘어간 모양이었다.

그 모습을 지켜보던 사이먼은 그저 한숨만 났다. 솔직히 말해 폭풍의 용병단이 아르만 공작가의 연회에 초대를 받을 수 있을지조차 불확실한 상황이었지만 그 이야기를 했다간 아르만 공작가로 가는 내내 라시아이언 때문에 머리가 지끈거릴 것 같았다.

　게다가 지금 중요한 건 그깟 축제나 연회가 아니었다.

　"그런데 사이먼, 아베론의 영주가 축제 때 무엇을 한 거야?"

　라시아이언이 잠잠해지자 헤이나가 다시 입을 열었다. 지금 밝혀진 사실이라고는 레이샤드를 위한 축제가 있었으며 그때 레이샤드가 바람 부족의 친구로 인정받았다는 것뿐이다. 하지만 같은 이종족 입장에서 봤을 때 라힘달 부족장의 개인적인 친구라면 몰라도 바람 부족 전체의 친구가 되기 위해서는 뭔가가 부족해 보였다.

　"응? 뭘 해야 하는 거였어?"

　라시아이언도 그제야 자신이 뭔가를 빠뜨렸다는 사실을 알아챘다. 그러고는 답을 구하듯 사이먼을 바라봤다.

　그것은 헤이나와 안티몬도 마찬가지였다. 그들 중 당당히 축제를 구경했던 건 사이먼 한 사람뿐이었다.

　"후우. 일단 다들 진정하고. 이걸 봐. 이걸 본다면 설명이 편할 것 같으니까."

　사이먼이 품속에서 주먹만 한 마정석을 꺼냈다. 그 마정석 안에는 어젯밤 축제의 모습이 고스란히 담겨 있었다.

　"축제의 모습을 마법 영상으로 담은 거야?"

　헤이나가 살짝 눈가를 찌푸렸다. 굳이 말은 하지 않았지만 사이먼의 응큼한 취향이 마정석을 통해 드러난 것이나 마찬가지였다.

바람 부족은 물론이고 이종족들 중 상당수는 축제를 통해 짝짓기를 유도한다. 그래서 축제 기간 동안에 여성들은 마음에 드는 남성들에게 끊임없이 구애한다.

그 모습이 이종족과 각 부족에 따라 다르겠지만 헤이나는 이 마정석 안에 바람 부족 여성들의 구애의 모습이 담겨 있을 것이라 확신했다.

만약 어제 레이샤드가 전사의 도전에 응하지 않았다면 사이먼은 아마 지금쯤 가시방석에 앉은 기분이었을 것이다. 아니, 처음부터 마정석의 존재를 내보이지도 않았을 것이다.

헤이나의 말처럼 사이먼은 매력적인 여성들을 훔쳐보는 버릇이 있었다. 그것이 병적인 수준은 아니지만 평생에 단한 번밖에 볼 수 없는 볼거리라면 주저하지 않고 마정석을 활용해 마법 영상으로 기록해 놓는 편이었다.

어젯밤 축제의 분위기가 무르익고 야수족 처녀들이 화려하고 매혹적인 구애의 춤을 선보이자 사이먼은 자신도 모르게 마정석을 꺼내 들었다. 그리고 그 모습들을 부지런히 마나로 변환시켜 마정석에 저장시켰다.

하지만 애석하게도 그 영상들은 더 이상 마정석 안에 없었다. 레이샤드가 전사의 도전에 참여하는 부분을 다시 저장시키느라 원래 저장시켰던 야수족 처녀들의 구애의 춤이 전부 사라져 버린 것이다.

"이상한 소리 말고. 영상이나 보라고."

사이먼이 툴툴거리며 마정석에 마나를 주입했다. 그 순간 마정석이 우웅, 하고 울더니 흐릿한 빛을 뿜어대기 시작했다. 그 빛들이 허공에 모여들자 마차 한가운데 어젯밤 축제의 모습이 그려지기 시작했다.

"뭐야? 이건 전사의 시험이잖아?"

영상을 바라보던 라시아이언이 알은체를 했다. 영상의 초반 장면은 어린 전사들이 카르발에게 덤벼드는 모습을 담고 있었다. 이들이 야수족 바람 부족이라는 걸 감안했을 때 전사의 시험 말고는 다른 게 있을 수가 없었다.

그러나 다른 사람도 아닌 사이먼이 고작 어린 전사들의 전사의 시험을 보라고 영상을 내놨을 리 없었다.

"쉿, 조용히 해."

헤이나가 호들갑 떨지 말라며 주의를 줬다. 라시아이언이 불만스럽게 투덜거렸지만 그것도 잠시. 누가 검사 아니랄까 봐 어린 전사들의 움직임에 푹 빠져들었다.

그렇게 얼마가 지났을까. 화면 한가운데로 레이샤드가 검을 들고 등장했다.

"뭐, 뭐야? 이 꼬맹이 미친 거야?"

라시아이언이 자신도 모르게 소리를 내질렀다. 그만큼 영상 속 레이샤드는 무모하기 그지없었다.

2

전사의 시험이 무엇이던가. 이종족들에게 있어서 각 나라의 기사 시험만큼이나 중요하고 또 중요한 것이었다. 그런데 그 시험에 아무 생각 없이 도전하다니. 이건 용기가 아니라 치기 어린 허세에 불과했다.

당황한 건 헤이나와 안티몬도 마찬가지였다. 하지만 그들은 굳이 입을 열지 않았다. 라시아이언이 혼자서 호들갑을 떨어대는 통에 그저 커다랗게 떠진 눈으로 속마음을 대신했다.

하지만 사이먼이 보여주려던 건 단순히 그것만이 아니었다.

"어……! 어, 어!"

"세, 세상에!"

"마, 말도 안 되는 일이……!"

레이샤드가 카르발의 검을 막아내자 라시아이언과 헤이나, 안티몬의 입에서 동시에 경악성이 터져 나왔다. 그리고 그 경악성은 영상이 진행되는 내내 이어졌다.

가장 압권은 레이샤드가 한니발의 유령 검을 상대하는 모습이었다. 비록 마나로 복제된 영상이긴 했지만 라시아이언과 헤이나는 마치 자신들이 유령 검을 상대하기라도 하는 것처럼 움찔움찔 몸을 떨었다. 그만큼 한니발이 모든 걸 걸고 만들어낸 유령 검의 위력은 어마어마했다.

반면 안티몬은 유령 검이 그저 애들 장난처럼 느껴졌다. 만약 라시아이언과 헤이나의 표정이 심각하지 않았다면 바람 부족에서 레이샤드를 대전사로 만들기 위해 수작을 부린 거라고 오해했을지 몰랐다.

"여기까지다."

영상이 끝나자 사이먼이 냉큼 마나석을 회수했다. 그 뒷부분에 아주 짧게 야수족 처녀들의 구애의 춤 부분이 남아 있다는 걸 헤이나에게 들킬 수는 없었다.

하지만 헤이나와 라시아이언은 영상 속 레이샤드의 모습에 이미 넋이 나가 버린 뒤였다.

"이 꼬맹이! 대체 정체가 뭐야?"

라시아이언이 한참 만에 입을 열었다. 그러나 헤이나는 물론이고 사이먼도 이렇다 할 대답을 해줄 수가 없었다.

한 가지 확실한 것은 레이샤드를 우습게 여겼다간 큰코 다치게 될 것이란 점이다.

달그닥. 달그닥.

침묵 속에 빠져든 마차를 뒤로한 채 네 마리의 말이 부지런히 지축을 내찼다.

그렇게 레이샤드 일행은 아만 산맥의 좁은 길을 지나 아르만 공작성으로 내달렸다.

3

"어서 오십시오, 황자님. 기다리고 있었습니다."

레이샤드 일행이 도착했다는 소식을 전해 들은 아르만 공작은 보란 듯이 앞장서서 마차를 맞았다. 황제나 황태자의 행차도 아니고 일개 황족의 행차였지만 아르만 공작은 레이샤드를 황제나 황태자처럼 극진히 대했다. 그 모습을 보고 있는 주변의 귀족들에게 자신의 뜻을 정확하게 전달하기 위해서였다.

'나는 레이샤드 황자를 차기 황제감으로 점찍었다.'

칼슈타트 황제가 건재한 지금 함부로 차기 황제를 운운하는 건 반역에 해당하는 일이었다. 그래서 아르만 공작은 말 대신 행동으로 보여주었다. 자신의 의지를 말이다.

그래서일까.

"레이샤드 황자님을 뵈옵니다."

"어서 오십시오, 황자님. 먼 길에 피곤하지는 않으셨는지요?"

귀족들은 앞다투어 레이샤드에게 허리를 굽혔다. 마치 이 기회가 아니면 다시는 레이샤드를 보지 못하기라도 하는 것처럼 말이다.

그래서 레이샤드는 쏟아지는 귀족들의 자기소개와 인사에 일일이 대답하느라 정신이 나갈 지경이었다.

"이런, 이런. 레이샤드 황자님께서 많이 피곤하신 모양입니다. 일단 들어가서 쉬시는 게 좋겠습니다."

레이샤드의 표정을 살피던 아르만 공작이 냉큼 총관을 시켜 레이샤드 일행을 방으로 안내했다. 그렇지 않아도 바람 부족에서 쉬지 않고 내달려 온 탓에 레이샤드도 적잖게 피곤한 상태였다.

하지만 그보다 더 피곤한 것은 생전 처음 보는 귀족들을 상대해야 하는 일이었다.

"레이, 아무래도 시험의 궁에 잠깐 다녀오는 게 좋겠어요."

방으로 향하며 엘리자베스가 나직이 중얼거렸다.

"하아. 알았어요."

레이샤드의 입에서 절로 한숨이 흘러나왔다. 오늘은 좀 편히 자보려나 했는데 쉬지도 못하고 시험의 궁에 가야 할 것 같았다.

4

시험의 궁에서 레이샤드는 아스타로트와의 검술로 몸을 풀었다. 그리고 귀족들에 대한 정보를 암기하기 전에 잠깐 눈을 붙였다.

만약 현실의 시간 속에 있었다면 연회 때 혹시라도 실수할까 봐 잠이 오지 않았을 것이다. 그러나 다행히도 시험의 궁의 시간과 현실의 시간은 서로 어긋나 있었다. 그래서 레이샤드는 푹 자고 일어나 맑은 정신으로 귀족들에 대한 정보를 받아들일 수 있었다.

"레이, 조금 전에 만났던 세 백작을 기억하고 있죠? 아마 그들은 레이에게 많은 것을 물어볼 거예요. 불편하겠지만 그래도 예의를 갖춰 상대해야 해요. 알았죠?"

엘리자베스가 특별히 세 명의 귀족을 언급했다.

자브린 백작과 모이라 백작. 그리고 숄사이도 백작.

이 세 백작은 아르만 공작 진영을 떠받치는 핵심 귀족이었다.

아르만 공작 진영의 귀족들 중 차기 황제 결정과 같은 중요한 일에 참여할 수 있는 건 이들 세 명밖에 없었다. 세 백작은 제국 북동부의 귀족이기 이전에 제국의 고위 귀족이다. 그리고 제국의 고위 귀족은 황제의 후계자 문제에서 결코 자유로울 수가 없었다.

아마도 세 백작은 레이샤드의 인성이나 성품을 파악하기 위해 많은 질문들을 쏟아내며 시험하려 들 것이다. 그들을 레이샤드가 얼마나 잘 상대하느냐에 따라 추후 레이샤드에 대한 평판 자체가 달라질 수 있었다.

물론 엘리자베스는 레이샤드가 이대로 황실파의 뜻에 따라 제국의 차기 황제 자리에 도전하는 걸 원치 않았다. 시험의 궁에 들어선 이후 레이샤드가 가야 할 길은 따로 있었다. 그리고 그 길을 가는 데 방해가 되는 건 엘리자베스가 용납할 리 없었다.

그렇다고 해서 세 백작의 시험에 어수룩하게 대처하도록 내버려 두는 것도 자존심이 상할 노릇이었다. 제국의 황실에서조차 황제감으로 인정받지 못한 레이샤드가 북방에 나라를 세운다면 제국은 물론이거니와 모든 대륙인들이 비웃을 것이다. 엘리자베스는 자신의 원대한 계획이 대륙의 놀림감이 되는 걸 원치 않았다.

그렇다면 방법은 하나다. 제국에서조차 탐을 낼 만큼 레이샤드가 제대로 된 모습을 보여주는 것뿐이다.

설사 정말로 제국 황실에서 레이샤드를 차기 황제로 세우려 한다고 해도 상관없었다. 그때는 이미 아베론 영지를 중심으로 하는 제2의 크로노스 왕국이 기틀을 잡고 있을 터였다.

그런 엘리자베스의 열의가 전해진 것일까. 레이샤드도 딴청 부리지 않고 아르만 공작가의 주요 귀족들의 특색에 대해 빠짐없이 암기를 해나갔다.

5

시험의 궁에서의 시간이 빠르게 지났다. 그리고 꼬박 하루가 되었을 때 레이샤드와 엘리자베스는 시험의 궁을 벗어나 현실로 돌아올 수 있었다.

그리고 얼마 지나지 않아 연회 준비가 모두 끝났다는 소식이 전해졌다.

"그럼 가볼까요?"

레이샤드가 제법 자신 있는 발걸음으로 연회장으로 향했다. 그 소식을 전해 들은 아르만 공작은 이번에도 연회장 입구까지 나와 레이샤드를 영접했다.

"황자님, 편히 쉬셨는지요."

레이샤드가 연회장으로 들어서자 아르만 공작이 걱정스러운 얼굴로 말했다. 혹시라도 레이샤드가 피로 때문에 연회를 제대로 즐기지 못할까 걱정이 가득한 얼굴이었다.

듣기로 레이샤드는 바람 부족에서 떠나오기 바로 전날에 밤늦게까지 라힘달이 연 축제에 참석했다고 한다. 아르만 공작도 바람 부족의 축제는 직접 겪어본 적이 없었다. 하지만 문화가 서로 다른 이종족들의 축제에 억지로 참석하는 게 큰 곤욕이라는 것쯤은 충분히 짐작할 수 있었다.

게다가 축제가 끝나고 쉬지 않고 달려와 제대로 여독이 풀리지 않은 상태에서 곧바로 연회에 참석해야 하는 일정이 잡혀 버렸다. 만약 자신이 레이샤드였다면 결코 마음 편이 연회를 즐기지 못할 것 같았다.

그러나 정작 레이샤드는 문제없다는 얼굴이었다. 실제로 그는 시험의 궁에서 푹 쉬고 나온 덕에 별다른 여독조차 느끼지 못하고 있었다.

"저는 괜찮아요. 그리고 이렇게 연회를 열어줘서 정말 고마워요."

레이샤드가 아르만 공작에게 감사를 전했다. 비록 여러 목적이 섞인 연회였지만 누군가가 레이샤드를 위해 연회를 연 것은 지난 열다섯 번째 생일 연회 이후로 처음이었다.

그러자 아르만 공작이 당치도 않다며 고개를 숙였다.

"그런 말씀 마십시오. 황자님이 아니었다면 아마 저와 영지는 큰 곤란에 처했을 겁니다. 이번 연회를 통해 베풀어주신 은혜의 백만분의 일이라도 갚을 수 있길 바랄 뿐입니다."

아르만 공작은 이번 연회에 상당한 신경을 썼다. 다른 이도 아니고 레오니스 제국의 황자 중 한 명인 레이샤드를 위한 연회였다. 그래서 음식은 물론이고 연회에 쓰이는 모든 것들을 최고로 준비했다. 그렇게 들어간 돈만 해도 무려 2만 골드에 달했다.

아르만 공작가 역사상 축제도 아닌 연회에 2만 골드라는 비용이 지출된 적은 처음이었다. 오죽했으면 정작 연회를 주도한 아르만 공작마저 총관이 가져온 내역서를 보고는 한동안 입을 다물지 못할 정도였다.

그나마 다행인 것은 이 연회가 단순히 레이샤드만을 위한 연회가 아니라는 점이다.

아르만 공작은 이번 연회를 통해 레이샤드에 대한 감사의 마음을 전함은 물론 전쟁에 대한 두려움에 떨고 있었던 아르만 공작 진영의 귀족들을 위로하며 그들의 충성을 재확인하겠다는 마음을 먹고 있었다. 그래서 아르만 공작 진영에 포함된 모든 귀족들은 물론이거니와 아르만 공작 권역(아르만 공작가의 힘이 미치는 영역) 너머에 있는 우호적이

거나 중립적인 귀족들에게까지 초청장을 보냈다. 그 결과 무려 스무 명에 달하는 귀족이 아르만 공작성으로 모여들었다. 초대장을 받은 귀족들 전원이 연회에 참석한 것이다.

연회에 참석한 귀족들은 하나같이 두 가지 선물을 가져왔다.

하나는 연회의 주인공인 레이샤드를 위한 선물. 다른 하나는 이번 연회를 주관하느라 고생한 아르만 공작을 위한 선물.

레이샤드에게 온 선물은 감히 건드리지 못하지만 아르만 공작에게 온 선물은 연회 이후 얼마든지 처분할 수 있었다. 만약 운이 좋아 고가의 선물들이 들어왔다면 연회 비용 이상의 수익을 낼 수도 있었다.

그래서 아르만 공작은 레이샤드의 일정을 충분히 배려하지 못했다. 연회에 참석한 귀족들은 하나같이 바쁜 영지 일을 놔두고 레이샤드를 만나기 위해 달려왔다. 그들이 원하는 것은 한시라도 빨리 레이샤드를 보고 자신들의 생각과 판단을 저울질하는 것이었다.

"그럼 황자님. 연회에 참석한 다른 귀족들에게 감사 인사를 하러 다녀오겠습니다."

레이샤드와 적당히 말을 섞던 아르만 공작이 슬쩍 자리

를 비켜주었다. 그러자 기다렸다는 듯이 세 명의 귀족이 레이샤드에게 다가왔다.

자연스럽게 레이샤드의 얼굴에도 긴장감이 어렸다. 세 명의 귀족들이 누구인지 금세 알아챈 것이다.

처음 아르만 공작령에 들어왔을 때 레이샤드는 아르만 공작의 뒤쪽에 서 있던 세 사내를 본 적이 있었다. 하지만 그때는 레이샤드도 그들을 제대로 알아보지 못했다. 단 한 번도 보지 못했던 귀족들의 얼굴과 이름을 달달 외울 만큼 아베론 영주의 자리는 한가한 게 아니었다.

그러나 지금은 달랐다. 시험의 궁에서 엘리자베스는 자브린 백작과 모이라 백작, 그리고 숄사이도 백작을 조심해야 한다고 신신당부를 했다. 그러면서 그들의 얼굴이 그려진 초상화를 보여주었다. 그리고 지금 자신에게 다가오고 있는 사내들은 그 초상화 속 얼굴과 꼭 닮아 있었다.

"만나 뵙게 되어 영광입니다, 황자님. 먼 길을 오시는 줄 알았다면 제가 마중을 나가는 건데 한발 늦었습니다. 죄송합니다."

가장 먼저 시원하게 머리가 벗어진 사내가 고개를 숙였다. 아르만 공작가의 동부에 위치한 대영지의 주인이자 마스터에 근접한 검술 실력으로 유명한 자브린 백작이었다.

"자브린 백작이로군요. 백작의 검술 실력이 뛰어나다는

이야기는 많이 들었습니다."

레이샤드가 예법에 어긋나지 않게 자브린 백작에게 인사말을 건넸다. 그러자 자브린 백작이 활짝 웃었다. 기사에게 있어 그 실력을 인정하고 칭찬하는 것보다 더 좋은 호의는 없었다.

"황자님께서 검술에 관심이 많으신 줄은 미처 몰랐습니다. 그럴 줄 알았다면 저도 검술을 소홀히 하지 않을 걸 그랬나 봅니다."

레이샤드와 자브린 백작이 정답게 이야기를 나누는 게 부러웠는지 옆에 있던 학자풍의 사내가 서운한 기색을 보였다. 그러자 레이샤드가 냉큼 사내의 손을 붙잡아주었다.

"모이라 백작이시군요. 나는 검술에도 관심이 많지만 학문에도 관심이 많습니다. 백작처럼 학식이 뛰어난 분을 만나니 정말 기분이 좋습니다."

"저, 정말이십니까?"

"물론입니다. 아직 제가 배움이 부족해 모르는 게 많습니다. 그러니 많이 가르쳐 주세요."

레이샤드의 한마디에 모이라 백작의 표정이 달라졌다. 엘리자베스의 설명처럼 자신의 가치를 인정받기를 좋아하는 게 확실한 모양이었다.

엘리자베스는 모이라 백작이 자브린 백작에게 은연중에

자격지심을 가지고 있다고 했다. 자브린 백작은 마스터에 근접한 기사 출신 영주다. 만약 이번에 전쟁이 벌어졌다면 아르만 공작은 자브린 백작에게 병력의 일부를 지휘하도록 맡겼을 가능성이 높았다.

반면 모이라 백작은 자브린 백작과 달리 검술과는 거리가 멀었다. 학식만큼은 아르만 공작 진영 내에서 두각을 보였지만 애석하게도 행정학 쪽에 주로 집중되어 있었다. 전쟁에 필요한 군사학과 관련한 지식은 그리 대단한 편이 아니었다.

아르만 공작 진영에 전쟁의 기운이 감돌면서 모이라 백작은 은연중에 아르만 공작에게 외면 아닌 외면을 받아야 했다. 영지가 평화로울 때 아르만 공작이 즐겨 찾는 건 학식이 풍부한 모이라 백작이었지만 전쟁 시에는 그 대상이 달라질 수밖에 없었다.

그래서 모이라 백작은 아르만 공작만큼이나 레이샤드에게 고마워하고 있었다. 만일 레이샤드가 이번 전쟁을 중재하지 않았다면 모이라 백작이 느낄 고립감은 더욱 커졌을 터였다.

"황자님, 무엇이든 말씀만 하십시오. 제가 아는 것이라면 무엇이든 황자님께 알려 드리겠습니다."

모이라 백작이 호들갑을 떨며 말했다. 그 모습이 마치 레이샤드의 스승이라도 되는 것처럼 보였다.

그런 모이라 백작의 행동이 못마땅했을까. 자브린 백작이 다시 입을 열어 분위기를 빼앗아 왔다.

"모이라 백작, 잠시만 기다려 주십시오. 아직 솔사이도 백작님께서 레이샤드 황자님께 인사를 드리지 못했습니다."

자브린 백작이 뒤쪽에 서 있던 통통한 사내를 레이샤드 앞쪽으로 안내했다. 그러자 소개를 받은 통통한 사내, 솔사이도 백작이 레이샤드에게 깊숙이 고개를 숙였다.

"만나 뵙게 되어 영광입니다, 레이샤드 황자님."

솔사이도 백작의 인사는 간결했다. 자브린 백작처럼 허세를 부리지도 않았고 모이라 백작처럼 호들갑스럽지도 않았다. 평소 허튼 말은 즐겨 하지 않는 듯 딱 자신의 할 말만 하고 말아버렸다.

그런 솔사이도 백작의 성격을 아르만 공작도 달가워하지 않았다. 하지만 미리 솔사이도 백작에 대한 정보를 전해 들은 탓일까. 레이샤드는 솔사이도 백작이 조금도 낯설지 않았다.

"반가워요, 솔사이도 백작. 백작이 운영하는 상단이 제국에서도 다섯 손가락 안에 드는 커다란 상단이라면서요? 나중에 우리 영지에도 한번 상단을 보내주세요. 나는 아직 구경하지 못한 물건들이 많답니다."

레이샤드가 솔사이도 백작을 반갑게 맞았다. 그러자 무표정하던 솔사이도 백작의 눈빛이 달라졌다.

아르만 공작가를 지탱하는 세 기둥으로 불리고 있지만 솔사이도 백작은 그 역할에 비해 제대로 인정을 받지 못하고 있었다.

솔사이도 백작은 자브린 백작처럼 검술이 뛰어나지 않았다. 모이라 백작만큼 학식을 쌓지도 못했다. 레이샤드의 말처럼 솔사이도 백작이 내세울 수 있는 건 상단과 돈뿐이었다. 그래서 아르만 공작 진영에 꼭 필요했지만 그 필요만큼의 대접을 받지 못하는 상황이었다.

그런 점에 대해 솔사이도 백작도 적잖게 불만을 가지고 있었다. 솔직히 그가 아르만 공작 진영에 공헌한 것만 놓고 보자면 자브린 백작이나 모이라 백작 이상이었다. 그러나 그의 서열은 세 백작 중 마지막이었다.

하지만 솔사이도 백작은 그 불만을 겉으로 드러내지 않았다. 아르만 공작 진영의 금전적인 부분을 책임지고 있다고 하나 그는 상인 출신 귀족이었다. 솔사이도 가문이 지금의 백작위에 오르기까지 제국을 위해 공을 세우기보다는 더 많은 돈을 벌어들이는 데 최선을 다했다.

하위 귀족(자작위 이하의 귀족)의 경우 가문의 내력은 크게 따지지 않는 편이었다. 하지만 고위 귀족(백작위 이상의 귀족)들은 달랐다. 어느 영지가 부유하느냐보다 어느 가문이 더 오래되었고 더 많은 관리들을 배출했으며 나라에 공을 세웠는지를 먼저 따졌다. 그런 점에서 숄사이도 백작 가문은 이 자리에 있는 것조차도 영광스러울 수밖에 없었다.

그래서 숄사이도 백작은 애당초 별다른 기대를 하지 않았다. 그저 말로만 듣던 레이샤드를 만날 수 있다기에 왔을 뿐 레이샤드와 즐거운 추억을 만들 수 있을 것이란 생각은 조금도 하지 않았다.

모이라 백작과는 달리 숄사이도 백작은 레이샤드가 내심 얄미웠다. 만약 이대로 전쟁이 벌어졌다면 숄사이도 백작은 아르만 공작 진영에 막대한 군수물자를 풀었을 것이다. 그리고 추후에 그에 따른 보답을 확실히 받아냈을 것이다.

하지만 전쟁의 위험이 사라지면서 숄사이도 백작의 모든 계획이 수포로 돌아가고 말았다. 오히려 전쟁을 대비해 사들인 곡물들만 창고에 가득 쌓이는 결과만 낳았다. 그렇다고 잉여 곡물들에 대한 보상을 아르만 공작에게 요구할 수도 없는 노릇. 아르만 공작성에 오는 내내 숄사이도 백작은 잉여 곡물들을 어떻게 처리해야 하는지에 대한 고민으로 머리가 지끈거릴 지경이었다.

그런데 뜻하지 않게 레이샤드에게 환대를 받았다. 게다

가 레이샤드에게 제국 5대 상단주라는 과분한 칭찬까지 들었다.

눈앞의 이득을 따지는 게 상인이라지만 숄사이도 백작은 기분이 좋아졌다. 고작 인사말일지도 모르지만 그 속에 숨은 레이샤드의 진심이 가슴에 와 닿은 것이다.

숄사이도 백작은 다른 대부분의 황족들처럼 레이샤드도 황자랍시고 거들먹거리지 않을까 걱정했다. 그런 황족들의 특징은 한결같았다. 기사나 학자들은 우대하면서 제국의 물자를 유통하는 상인들은 멸시했다. 특히나 숄사이도 백작처럼 돈을 벌어 작위를 샀다고 생각하는 자들은 더 우습게 여겼다.

하지만 레이샤드는 달랐다.

다른 황족들처럼 숄사이도 백작을 비웃거나 멸시하지 않았다. 오히려 숄사이도 백작이 커다란 상단을 운영한다는 사실을 높이 평가해 주었다. 그것도 실제보다 더욱 크게 칭찬해서 말이다.

객관적으로 봤을 때 숄사이도 상단은 아직 제국 5대 상단으로 불릴 정도는 아니었다. 그보다는 제국 10대 상단을 뒤쫓는 수준으로 봐야 옳았다.

물론 제국의 상단의 서열이야 말 많은 호사가들의 입에서 결정되는 경우가 많으니 큰 의미는 없었다. 그래도 사람들은 제국 5대 상단을 꼽을 때 솔사이도 상단을 빼먹었다.

그 점이 솔사이도 백작은 늘 아쉽기만 했다.

솔사이도 백작은 내심 솔사이도 상단이 제국의 10대 상단은 물론이고 5대 상단 안에도 이름을 올릴 수 있을 것이라 기대해 왔다. 상단의 크기나 물류의 유통량은 물론 이익의 규모까지 제국 5대 상단과 그리 큰 차이가 나지 않는다고 여겼다. 그런데 그런 솔사이도 백작의 아쉬운 마음을 어찌 알았는지 레이샤드가 말 한마디로 충족시켜 주었다. 덕분에 솔사이도 백작은 오랫동안 쌓아뒀던 앙금이 사라진 것처럼 마음 한편이 개운해졌다.

그래서일까.

"황자님께서 원하신다면 최대한 빨리 상단을 꾸려 아베론 영지로 보내겠습니다. 그렇지 않아도 황자님께 드릴 선물을 미처 다 가지고 오지 못했는데 조만간 상단 편으로 보내 드리도록 하겠습니다."

솔사이도 백작이 레이샤드에게 깊숙이 고개를 숙이며 말했다. 레이샤드의 인사가 진심인지 아닌지는 지금 중요한 게 아니었다. 그보다는 레이샤드가 자브린 백작과 모이라 백작 사이에서 자신을 높게 평가해 줬다는 게 더 중요한 일이었다.

오늘 이 연회에서 있었던 모든 일들은 머잖아 대륙 전역으로 퍼져 나갈 것이다. 그때 누군가 솔사이도 백작가가 어떤 곳이냐고 묻는다면 사람들은 레이샤드의 말을 빌려 제국 5대 상단 중 한 곳을 거느린 대단한 상계 가문이라고 대답할 것이다.

그렇게 되면 솔사이도 백작의 솔사이도 상단은 별다른 노력 없이 제국 5대 상단으로 인정받게 될 것이다. 당연히 거래량도 늘어날 테고 이익도 많아질 것이다. 레이샤드는 그저 호의에 한 말이겠지만 솔사이도 백작에게는 실질적인 이득으로 되돌아오는 셈이다.

이렇게 큰 은혜를 입었는데 손익을 따지는 상인의 입장에서 가만있을 수는 없었다. 그래서 솔사이도 백작은 창고에 쌓여 있던 잉여 곡물들을 전부 아베론 영지로 보낼 마음을 먹었다.

그런 솔사이도 백작의 속내를 알아챈 모이라 백작은 속이 부글부글 끓었다. 설마하니 자브린 백작도 아니고 솔사이도 백작에게 레이샤드의 마음을 빼앗길 줄은 생각지도 못한 것이다.

하지만 그렇다고 해서 솔사이도 백작과 경쟁을 하고 싶지는 않았다. 학식이라면 몰라도 솔사이도 백작과 재물로 다투는 건 미련하다 못해 바보 같은 짓이었다.

"하하. 그래서 말입니다……."

모이라 백작은 자신의 학식을 풀어내 다시 대화의 주도권을 되찾아왔다. 자브린 백작이 가끔씩 훼방을 놓긴 했지만 그뿐이었다. 잠시 자브린 백작 쪽으로 넘어갔던 대화는 금세 모이라 백작에게로 되돌아왔다.

말 한마디로 최고의 실리를 챙긴 숄사이도 백작은 굳이 대화에 적극적으로 끼어들지 않았다. 그보다는 레이샤드의 대화 속에서 아베론 영지에 필요한 게 무엇인지를 꼼꼼히 따졌다.

척박한 아베론 영지의 특성상 아마 앞으로도 농사는 불가능할 것이다. 그렇다면 곡물이 절대적으로 필요할 터. 창고에 쌓아둔 잉여 곡물을 가져다준다면 아베론 영지도 크게 고마워할 게 틀림없었다.

마음 같아서는 주기적으로 아베론 영지를 오가는 상단을 운영해 보고 싶었다. 하지만 그러기에는 득보다 실이 더 컸다. 괜히 레이샤드에게 잘 보이려 한다는 오해를 사게 될 수도 있었다.

냉정하게 따졌을 때 숄사이도 상단이 아베론 영지에 들어갈 수 있는 기회는 많아야 서너 번뿐이었다.

새롭게 인연을 튼 이번이 한 번. 그리고 나머지는 아베론 영지나 레이샤드에게 축하할 일이 생겼을 때.

이후의 기회는 숄사이도 상단만의 기회가 아니었다. 레

이샤드와 인연이 있는 모든 이들에게 주어진 기회였다. 그 점을 감안했을 때 이번에 얻은 이 기회를 최대한으로 살릴 필요가 있었다. 그래야만 레이샤드도 고마운 마음에 솔사이도 상단과 솔사이도 백작가를 더 좋게 평가해 줄 터였다.

제50장

아르만 공작가에서 Part 3

"그런 일들이 있었군요."

레이샤드는 거의 네 시간 가까이 세 백작에게 붙들려 있었다. 만일 아르만 공작이 오지 않았다면 레이샤드는 연회가 끝날 때까지 그 자리를 벗어나지 못했을 것이다.

"황자님, 제가 다른 이들도 소개를 해드리겠습니다."

레이샤드는 아르만 공작과 함께 아르만 공작 진영의 귀족들과 초대를 받은 중도 귀족들을 차례로 만났다.

세 백작을 제외한 나머지 귀족들은 하나같이 하위 귀족들이다 보니 그들과 나누는 대화는 짧았다. 하지만 레이샤드는 그 짧은 틈에도 귀족들 하나하나의 이름과 그들의 특성을 놓치지 않았다.

"황자님께서 어떻게 우리 영지의 사정까지 알고 계시는 거지?"

"하르베스 폐황태자께서 생전에 워낙 정이 많으셨잖은가. 그분을 빼다 박으신 게지."

레이샤드와 인사를 나눈 귀족들은 하나같이 기쁨을 감추지 못했다. 레이샤드에게는 사전에 연습한 수많은 인사말일 뿐이었지만 어쩌면 다시는 레이샤드를 만나지 못할지도 모르는 귀족들에게는 평생에 한 번뿐인 레이샤드와의 대면이었다.

그 속에 단순한 안부가 아니라 자신에 대한 세세한 관심이 숨어 있다는 사실만으로도 귀족들은 가슴 한구석이 뭉클해질 수밖에 없었다.

그렇게 연회에 참석한 모든 귀족들과 인사를 나눈 뒤에야 레이샤드는 한숨을 돌릴 수 있었다. 하지만 그 여유도 오래가지 않았다. 귀족들과의 만남이 끝나자 새로운 이들이 찾아온 것이다.

"레이샤드 님, 괜찮으시다면 제 여동생을 소개해 드리고 싶습니다만 어떠신지요?"

엘리자베스 일행을 찾아 시선을 움직이던 레이샤드의

눈앞으로 아르만 공작의 둘째 아들인 샤를이 나타났다. 그의 뒤쪽에는 예쁘게 단장을 한 귀여운 소녀가 서 있었다.

"안녕하세요, 레이샤드 황자님. 세이렌이라고 해요."

소녀가 가볍게 무릎을 굽히며 인사를 했다. 그 모습이 어찌나 귀엽던지 레이샤드는 자신도 모르게 웃음이 났다.

아베론 영지에 있는 여동생 레이첼이 조금 더 큰다면 꼭 세이렌처럼 귀여워질 것 같은 생각이 든 것이다.

하지만 샤를과 세이렌은 그 웃음의 의미를 오해해 버렸다. 레이샤드가 세이렌을 마음에 들어 한다고 착각한 것이다.

아르만 공작은 세 명의 부인에게서 총 다섯 명의 자식이 있다. 은밀히 품은 여인들과 그들로부터 낳은 자식들이 더 있었지만 아르만 공작가의 명부에 이름을 올린 건 이들이 전부였다.

아르만 공작은 첫 번째 부인에게서 장남인 로아스와 장녀 루비아를, 두 번째 부인은 차남 샤를과 차녀 세이렌을 낳았다.

공교롭게도 두 부인은 아르만 공작의 대를 이을 아들을 한 명씩 낳았고 똑같이 딸을 낳는 도중에 난산으로 죽고 말았다. 그래서 아르만 공작은 두 번째 부인을 잃은 이후 더

이상 자식을 갖지 않도록 임신이 되지 않는 물약을 복용해
왔다.

만에 하나 부인이 딸을 임신하고 출산 중에 죽을 것을 두
려워한 것이다.

현재 아르만 공작의 옆을 지키고 있는 건 세 번째 부인이
었다. 세 번째 부인은 아르만 공작의 총애를 듬뿍 받고 있
는 막내아들 에몬을 낳아주었다.

아르만 공작은 첫째 로아스나 둘째 샤를보다 막내 에몬
을 차기 공작감으로 점찍어두었다. 세 명의 부인 중 세 번
째 부인의 가문이 가장 큰 데다가 에몬이 자신처럼 금발을
타고났기 때문에 자신의 대를 이어 아르만 공작가를 반석
위에 올려놓을 것이라 기대를 품었다.

하지만 바람 부족과의 혼인 동맹이 수포로 돌아간 이후
로 아르만 공작은 에몬에 대한 애정이 식어버렸다. 형제들
의 농간에 휘둘렸다고 하지만 자신의 여자조차 제대로 보
호하지 못하는 모습에 솔직히 크게 실망을 할 수밖에 없었
다.

자연스럽게 에몬이 앞서고 있던 아르만 공작가의 후계
자 구도도 다시 원점으로 돌아와 버렸다. 그래서 샤를은
이번 기회에 어떻게든 레이샤드의 지지를 끌어내려고 했
다.

레이샤드가 제국의 황제가 될지 아닐지는 두고 봐야 할 일이지만 아르만 공작이 레이샤드를 높이 평가하는 만큼 레이샤드의 인정을 받기만 하면 후계자 구도에서 한 걸음 더 앞서갈 수 있을 것이라 판단한 것이다.

샤를은 레이샤드가 원하면 이제 막 성년이 된 하나뿐인 여동생 세이렌마저 이용할 생각이었다. 그래서 아르만 공작에게 말도 없이 레이샤드에게 세이렌을 소개해 준 것이다.

실제 아르만 공작도 레이샤드가 장녀인 루비아나 차녀인 세이렌 중 한 명과 결혼하기를 바랐다. 레이샤드가 자신의 사위가 된다면 그때부터는 전력을 다해 레이샤드를 차기 황제로 지지할 마음까지 먹었다.

그리고 만약 그게 가능하다면 장녀인 루비아보다는 차녀인 세이렌이 레이샤드의 배필이 되길 바랐다. 아름답기로는 네 살 많은 루비아가 더 나았지만 심성은 세이렌이 훨씬 고왔다. 여자의 아름다움은 언제고 시들게 마련. 그렇다면 차라리 고운 심성으로 레이샤드의 곁에 오래 머물러 주는 게 아르만 공작가를 위해서도 좋은 일이라고 생각한 것이다.

하지만 레이샤드는 세이렌이 여자로 느껴지지 않았다. 그저 아르만 공작의 여식이기 때문에 이번 기회에 세이렌과 가까워지고 싶은 마음 정도였다.

그러나 그런 레이샤드의 호의는 또 다른 이들에게 불안감으로 다가왔다.

"오라버니, 설마 저 멍청한 황자가 세이렌 같은 애한테 빠져든 건 아니겠죠?"

한 발 늦게 연회장에 도착한 루비아가 질근 입술을 깨물었다. 레이샤드의 마음을 빼앗아야 한다는 욕심 때문에 지나치게 치장을 하느라 시간이 소요되긴 했지만 그녀의 아름다움은 이제 막 성년이 된 세이렌과는 비교조차 할 수 없을 정도였다.

따라서 레이샤드가 남자라면 세이렌이 아니라 자신에게 관심을 보이는 게 옳았다.

하지만 레이샤드는 무엇이 그렇게 좋은지 샤를과 세이렌과 어울려 즐겁게 담소를 나누고 있었다.

"오라버니! 이대로 보고만 있을 거예요?"

루비아가 로아스를 채근했다. 이대로 갔다간 자신이 애써 치장한 모든 게 수포로 돌아갈 것만 같았다.

그러나 로아스도 다른 방법이 없었다. 샤를이야 바람 부족에서 레이샤드를 한 번 만났으니 자연스럽게 접근할 수 있겠지만 자신은 초면이었다. 게다가 제국의 황족을 상대하는 것 또한 처음이었다.

초면인 상대에게 섣불리 다가갔다가 괜히 기분을 상하게 만들 수도 있었다. 게다가 지금 레이샤드는 샤를과 세이렌과 대화를 나누는 중이었다. 괜히 잘못 끼어들면 샤를과 세이렌에게 굴욕을 당하게 될 수도 있었다.

"조금만. 조금만 더 기다려 보자."

로아스가 분위기를 살피며 말했다. 움직일 때 움직이더라도 일단은 샤를과 세이렌가 자리를 떠나길 기다릴 필요가 있었다.

하지만 마음이 급한 루비아는 도저히 그럴 수가 없었다.

"오라버니! 언제까지 답답하게 굴 거예요?"

"답답하게 굴다니! 네가 지나치게 조급한 거잖아!"

"조급하게 구는 게 아니라 상황이 정말 급하잖아요! 아까 다른 귀족들이 하는 이야기 못 들었어요? 다들 저 멍청한 황자에 대한 칭찬뿐이잖아요! 그런데 우리가 바보처럼 샤를과 세이렌에게 선수를 빼앗겨 봐요. 그렇게 되면 오라버니가 공작이 될 수 있을 거 같아요?"

루비아가 로아스를 매섭게 자극했다. 샤를은 물론이고 에몬에게까지 치여 살아야 했던 로아스에게 아르만 공작가의 가주 자리란 결코 놓치고 싶지 않은 운명과도 같았다.

"후우……."

로아스가 크게 숨을 내쉬었다. 그러고는 루비아의 손을 잡아끌고 레이샤드를 향해 빠르게 걸어갔다.

그 모습이 결연하게 느껴졌을까.

"황자님, 저기 불청객들이 오네요. 그럼 저희는 이만 물러가겠습니다. 그리고 오늘 대화, 정말 즐거웠습니다."

샤를이 세이렌을 데리고 한발 먼저 레이샤드의 곁에서 물러났다.

그러자 로아스가 자신도 모르게 걸음을 멈춰 버렸다. 최악의 경우 샤를과 언성을 높일 각오까지 했는데 샤를이 알아서 물러나 버리니 자신도 모르게 맥이 빠져 버린 것이다.

"으이그. 정말!"

그런 로아스의 모습이 못마땅했는지 루비아가 스스로 팔을 걷어붙였다. 그녀는 로아스를 내버려 두고 레이샤드의 앞에 섰다. 그리고 자신이 아르만 공작의 첫째 딸임을 알렸다.

'어때? 조금 전 세이렌과는 비교조차 되지 않지? 그러니까 딴 데 보지 말고 날 선택해. 알았어? 그럼 내가 밤마다 후회하지 않게 해줄 테니까.'

루비아는 레이샤드 앞에서 마음껏 자신의 매력을 선보였다. 마치 그렇게 하면 레이샤드를 유혹할 수 있을 것이라

착각이라도 하는 모양이었다.

그리고 그런 루비아의 행동은 스스로에 대한 자신감이 과해서가 아니었다. 그보다는 따로 믿는 구석이 있어서였다.

2

아르만 공작은 알지 못했지만 루비아는 그의 딸이 아니었다. 아르만 공작이 두 번째 부인을 얻자 화가 난 첫 번째 부인은 복수를 꿈꿨다. 그래서 아르만 공작 몰래 공작가 서재에 있던 흑마법서를 꺼냈다. 그리고 흑마법서에 적힌 대로 재물을 바치고 마족을 소환해 냈다.

―인간이여. 네가 나를 깨웠느냐?

소환에 응한 마족은 첫 번째 부인에게 소원을 물었다. 그리고 소원을 들어주는 대신에 첫 번째 부인이 죽으면 그녀의 영혼을 가져가겠다고 말했다.

첫 번째 부인은 본래 두 번째 부인의 죽음을 요구할 생각이었다. 하지만 아르만 공작과는 비교조차 할 수 없을 만큼 너무나 멋지게 생긴 마족을 본 탓일까. 자신도 모르게 욕정을 품게 됐다.

"나를… 나를 안아주세요."

첫 번째 부인은 자청해서 마족의 여인이 되길 원했다. 그리고 마족은 첫 번째 부인의 소원을 들어주었다. 그 과정에서 첫 번째 부인은 마족의 아이를 가지고 말았다.

인간이 신족(천족과 마족)의 아이를 갖게 될 경우에는 둘 중 하나였다. 아이가 제대로 성장하지 못하고 죽는 경우가 대부분이었지만 미약한 확률로 아이가 어머니의 생명을 빼앗고 태어나기도 했다.

루비아는 그렇게 해서 태어난 마족의 딸이었다. 그래서일까. 그녀는 어려서부터 아름다움에 눈을 떴다. 그리고 자신의 아름다움을 이용해 신분을 상승시킬 생각에 빠져들었다.

지금까지 수많은 귀족과 공자가 루비아에게 청혼했지만 그들 중 누구도 루비아의 마음을 얻지 못했다. 그런 그녀가 처음으로 남자를 선택하려 했다. 자신의 성에 차지는 않지만 그래도 잘만 다듬으면 제법 괜찮은 사내가 될 것 같은 남자를 말이다.

만약 레이샤드가 시험의 궁에 들지 않았다면 아마 지금쯤 루비아가 홀리는 마력 같은 매력에 빠져들었을 것이다. 하지만 애석하게도 레이샤드는 시험의 궁을 통과한 자였다. 게다가 레이샤드에게는 루비아가 감히 쳐다보지도 못할 만큼 대단한 여인이 있었다.

"레이, 거기서 뭐해요?"

루비아에게서 익숙한 기운을 느낀 엘리자베스가 레이샤드의 곁으로 다가왔다. 레이샤드를 위해 지금껏 자신을 감추고 있었지만 요망한 루비아가 나타난 만큼 더는 두고 볼 수가 없을 것 같았다.

"다, 당신은 누구죠?"

엘리자베스를 본 루비아가 하얗게 질린 얼굴로 물었다. 본래는 엘리자베스가 끼어들 자리가 아니라며 화를 내려고 했다. 하지만 차마 입이 떨어지지 않았다.

본래 마계의 족속들은 본능적으로 강자를 알아보는 법. 단 한 번도 마계에서 머문 적이 없지만 루비아는 자신도 모르게 엘리자베스가 위대한 존재라는 사실을 자각해 버린 것이다.

그런 루비아를 바라보며 엘리자베스가 나직이 중얼거렸다.

"꺼져라. 소멸시켜 버리기 전에."

엘리자베스의 한마디에 루비아가 허겁지겁 도망을 쳤다. 로아스가 다급히 불러 세워봤지만 루비아는 조금도 지체하지 않고 연회장을 빠져나갔다.

"건방진 것."

엘리자베스가 싸늘하게 코웃음을 쳤다. 마음 같아서는

갈기갈기 찢어발기고 싶었지만 그랬다간 연회장이 한바탕 뒤집어질 터였다. 게다가 루비아는 마족의 핏줄이기 이전에 아르만 공작의 여식이었다. 적어도 레이샤드를 돕기 위해 중간계에 내려온 동안에는 루비아를 어찌할 수 없을 것 같았다.

"레이, 고생 많았어요. 힘들었죠?"

엘리자베스가 애써 분노를 가라앉히며 레이샤드를 다독거렸다. 그러자 레이샤드가 지친 듯 어깨를 늘어뜨렸다. 귀족들은 물론이고 아르만 공작가의 자식들을 상대한 탓에 목이 다 쉴 지경이었다.

"귀족들을 상대하는 게 이렇게 힘든 일인 줄은 몰랐어요."

레이샤드가 푸념하듯 말했다. 만일 연회가 이런 것인 줄 알았다면 아마 결코 참석하지 않았을 것이다.

하지만 군주가 되기 위해서는 이 정도 번거로움쯤은 참아 넘길 줄 알아야 했다.

"레이. 내가 마법을 걸어줄 테니까 잠깐 쉬어요."

엘리자베스가 슬며시 마력을 끌어 올렸다. 그러자 주변이 일렁이더니 레이샤드의 모습을 완전히 지워 버렸다.

"응? 황자님께서 어디로 가셨지?"

"글쎄? 잠깐 테라스에 나가셨나?"

순간적으로 레이샤드의 모습을 놓친 이들이 주위를 두리번거렸다. 하지만 그곳 어디에서도 레이샤드의 모습은 찾을 수가 없었다.

3

한참 동안 사라졌던 레이샤드가 바깥 정원에서 모습을 보이면서 잠시 소란스러워질 뻔했던 연회가 끝이 났다.

"미안해요. 너무 답답해서요."

레이샤드가 아르만 공작에게 양해를 구했다. 그러자 아르만 공작이 충분히 이해한다며 고개를 끄덕였다.

고작 열다섯의 나이에 스무 명이나 되는 귀족을 상대하기란 결코 쉬운 일이 아니었다. 만약 자신이었다 하더라도 답답한 마음에 도망치고 싶었을 것이다.

"아닙니다, 황자님. 황자님께서 많이 피곤하실 줄 알면서도 무리하게 연회를 준비한 제 불찰입니다."

아르만 공작이 모든 잘못을 자신에게 돌렸다. 레이샤드가 불평불만 없이 연회에 참석해 준 덕분에 연회는 성공리에 끝이 났다.

레이샤드에 대한 좋은 평가는 물론이거니와 이런 연회를 준비한 아르만 공작의 입지도 더욱 단단해졌다. 아르만 공작이 내심 계획했던 모든 게 성공적으로 들어맞은 것이다.

아쉬운 점이 있다면 하나. 루비아와 세이렌 중 누구도 레이샤드의 마음을 사로잡지 못했다는 것이다.

하지만 남녀 간의 일이란 인력으로 해결되지 않는 것이었다. 그렇다고 명색에 공작인 자신이 레이샤드에게 억지로 딸들을 권할 수도 없는 노릇이었다.

"피곤하실 테니 먼저 올라가 쉬시는 게 어떻겠습니까?"

아르만 공작이 휴식을 권했다. 본래 연회의 주인공은 적당한 때에 빠져 주는 게 일반적이었다.

그래야만 연회에 참석한 다른 이들도 편하게 자신들의 목적을 챙길 수 있었다.

"신경 써줘서 고마워요."

레이샤드는 아르만 공작의 배려를 마다하지 않았다. 그렇지 않아도 또다시 귀족들에게 둘러싸일까 봐 가슴이 답답했는데 이제야 좀 살 것 같은 기분이었다.

레이샤드는 가벼운 발걸음으로 자신의 처소로 갔다. 연회가 진행되는 도중 아르만 공작은 레이샤드의 처소를 별관으로 옮겼다. 레이샤드가 편히 쉬기 위해서는 다른 귀족들이 머무는 본관보다 독채 형식의 별관이 낫다고 판단한 것이다.

그러나 별관에 들어서고도 레이샤드는 편히 쉴 수가 없었다. 자신보다 한발 앞서 와 있는 누군가 때문이었다.

4

"황자님, 저를 기억하실지요?"

레이샤드가 오기만을 기다렸던 사내가 냉큼 허리를 굽히며 말했다. 대단치 않은 질문이었지만 사내의 표정은 더없이 결연했다. 만약 레이샤드가 자신을 기억하지 못한다면 인연이 아니라 생각하고 발걸음을 돌릴 생각이었다.

그러나 다행히도 레이샤드는 사내가 누구인지 똑똑히 기억하고 있었다.

"코를란 자작이군요. 일전에 바람 부족에서 만났죠?"

레이샤드가 웃으며 코를란 자작을 반겼다. 솔직히 뜨거운 물에 몸을 담그고 푹 쉬고 싶었지만 자신이 좋게 평가했던 코를란 자작을 이대로 외면할 수는 없는 노릇이었다.

사람들을 피해 잠시 숨을 돌리는 동안 엘리자베스는 원하는 것을 얻으려면 그만큼 노력하고 수고하는 수밖에 없다고 말했다. 노력과 수고 없이 거저 얻는 건 없다고 강조했다. 그것은 하르베스 폐황태자가 생전에 남긴 가르침과 크게 다르지 않았다.

그래서 레이샤드는 코를란 자작을 이대로 돌려보내고 싶지 않았다. 그가 연회도 포기하고 이 자리에 있다는 것은 자신에게 하고 싶은 말이 있다는 의미다. 그것이 어떤 것인지 들어보고 싶었다.

"편히 앉아요."

레이샤드가 큼지막한 의자에 주저앉으며 말했다. 코를란 자작의 모습을 보아하니 자신이 올 때까지 자리에 앉지도 못하고 계속 서 있었던 모양이었다.

"감사합니다, 황자님."

코를란 자작도 사양하지 않고 레이샤드의 건너편에 앉았다. 마음 같아선 이야기가 끝날 때까지 꿋꿋이 서 있어보고 싶었지만 그러기에는 유약한 다리가 버텨주지 못할 것 같았다.

"후우……."

조심스럽게 의자에 앉은 코를란 자작이 크게 숨을 골랐다. 그러고는 레이샤드를 똑바로 바라봤다.

며칠 지나지 않았는데도 레이샤드는 처음 봤을 때보다 성숙해져 있었다. 키도 그대로이고 생김새도 그대로였지만 눈빛이 달라졌다. 뭐랄까… 뭔가 커다란 벽 하나를 넘은 듯한 느낌이었다.

레이샤드의 나이 때 그런 경험은 큰 결과를 낳는다. 인생의 방향 자체가 달라지기도 하고 인성이 변하기도 한다.

코를란 자작은 레이샤드가 자신에게 긍정적으로 변했다고 판단했다. 이 자리에 오면서 가장 크게 걱정했던 게 레이샤드의 어린 나이였는데 적어도 그 걱정은 조금 덜 수 있을 것 같았다.

"이제 말해봐요. 무슨 일 때문에 날 기다린 거예요?"

코를란 자작의 표정이 편해지자 레이샤드가 용건을 물었다. 조금 전 수많은 귀족을 상대해서일까. 코를란 자작을 대하는 게 예전처럼 불편하지가 않았다.

그러자 코를란 자작이 기다렸다는 듯이 입을 열었다.

"절 받아주십시오, 황자님."

"……?"

"황자님을 따라 아베론 영지로 가고 싶습니다."

생각지도 못했던 코를란 자작의 말에 레이샤드가 눈을 똥그랗게 떴다. 코를란 자작의 표정을 봤을 때 뭔가 중요한 이야기를 할 것이라 짐작은 했지만 그것이 아베론 영지로 따라가겠다는 소리일 줄은 미처 예상하지 못했다.

그만큼 코를란 자작의 말은 뜻밖이었다. 말을 꺼내는 코를란 자작조차 어색할 정도로 말이다.

만약 다른 누군가가 코를란 자작의 말을 들었다면 미쳤
냐며 뜯어말렸을 것이다.

코를란 자작은 아르만 공작의 신뢰를 받는 가신 중 한
명이었다. 아르만 공작의 세 아들 중 누가 공작이 되더라
도 코를란 자작은 중용받을 것이라는 게 일반적인 평가였
다.

그만큼 코를란 자작은 미래가 보장된 자였다. 지나치게
욕심을 부리지 않는다면 아르만 공작가에서 평생 호의호
식할 수 있었다. 자작이라는 작위도 백작까지는 오를 터였
다.

그런데 이토록 좋은 조건을 내버려 두고 아무것도 없는
아베론 영지로 가겠다니. 이건 스스로의 인생을 포기하겠
다는 소리나 다를 바 없었다.

"이유를 물어봐도 될까요?"

레이샤드가 조심스럽게 물었다. 코를란 자작 같은 자가
섣불리 결정을 내리지는 않았겠지만 왜 자신을 따라가겠다
는 건지 그 까닭은 알고 싶었다.

"자세히는 말씀드릴 수 없습니다. 다만 저는 황자님을 섬
기고 싶습니다."

코를란 자작이 말을 아꼈다. 그렇다고 레이샤드에게 아
르만 공작가의 치부를 봤기 때문이라고 사실대로 고할 수

는 없는 노릇이었다.

레이샤드가 아르만 공작가에 도착했을 때만 하더라도 코를란 자작은 아르만 공작가에 미련을 두고 있었다. 레이샤드를 좋게 보긴 했지만 그뿐이었다. 아무것도 없는 레이샤드를 따라나설 만큼 그는 무모하지 않았다.

코를란 자작은 아르만 공작이 단 한 가지 사실을 명확하게 정리해 준다면 군말 없이 아르만 공작가를 섬길 생각이었다. 그것은 바로 에몬이 벌였다는 야수족 여인의 강간 사건이었다. 전쟁의 분위기 때문에 흐지부지되긴 했지만 그 위험성이 사라진 이상 이제는 진상을 밝혀야 한다고 여겼다.

"자네 말이 틀린 말은 아니지만 일단 기다려 보게. 황자님께서 오시는데 그런 불미스러운 일로 심려를 끼쳐 드릴 수는 없지 않은가?"

아르만 공작은 레이샤드의 핑계를 댔다. 레이샤드의 연회를 준비 중인데 그런 일에 심력을 빼앗기기 싫은 표정이 역력했다.

어느 정도 예상은 했지만 코를란 자작은 아르만 공작에게 적잖게 실망을 했다. 아르만 공작이 그 일을 불문에 붙이고 싶어 하는 걸 모르지는 않지만 작은 영지도 아닌 아르만 공작령이라는 거대한 영지의 주인에게 어울리는 모습은 결코 아니었다.

"공작님께서 마다하시면 나 혼자서라도 알아보는 수밖에."

코를란 자작은 레이샤드의 연회가 시작되기만을 기다렸다. 그리고 모두의 이목이 레이샤드에게 집중된 사이 비밀스럽게 조사를 시작했다.

그렇다고 레이샤드가 한 것처럼 거창하게 초혼 마법을 사용할 생각은 없었다. 코를란 자작은 검술은 물론이고 마법과도 인연이 없는 자였다. 어려서 마법과 검술 모두 가능성이 없다는 판단이 나오자 미련 없이 학문에만 매진해 왔다.

그에게 초혼 마법이란 감히 생각조차 할 수 없는 불가능한 일이었다.

초혼 마법을 부릴 수 있는 마법사를 초빙하는 건 더 어려운 일이었다. 그 정도 경지에 이른 마법사라면 대륙에서도 손에 꼽힐 것이다. 그런 자를 아르만 공작의 허락도 없이 은밀하게 아르만 공작성에 불러들일 수는 없었다. 게다가 그런 자가 아무런 대가도 없이 자신을 도와줄 리도 없었다.

결국 코를란 자작은 생각을 바꿨다. 그리고 사라진 물증 대신 에몬의 증언에 집중했다.

에몬은 형제들이 준 술을 마시다 기절하듯 잠이 들었다고 했다. 그때 코끝으로 피 냄새가 밀려들었다고 했다.

코를란 자작은 그 한마디만 듣고 에몬을 기절시킨 도구를 알아냈다. 바로 블러디 문. 온몸에서 수면향을 흘리는 전설의 동물 슬리퍼의 피를 정제시켜 만든 이 술이라면 에몬을 완벽하게 함정에 빠뜨릴 수 있을 것 같았다.

코를란 자작이 범인이라 여기는 사람은 둘이었다. 하나는 아르만 공작의 첫 번째 아들 로아스. 그리고 또 하나는 아르만 공작의 두 번째 아들 샤를.

얼마 전까지만 해도 코를란 자작은 샤를을 범인으로 의심했다. 그래서 샤를을 차기 아르만 공작으로 만들려 했던 스스로의 안목을 저주했다. 샤를이 고작 이 정도인 줄도 모르고 따르려 했으니 마음 같아선 대신 죄를 인정하고 자결하고 싶을 정도였다.

하지만 알아보면 알아볼수록 샤를에 대한 의심은 빠르게 줄어들었다. 그리고 레이샤드가 바람 부족을 출발하기 직전에서야 샤를이 술에 취한 야수족 여인을 로아스와 함께 범한 건 사실이었지만 그녀를 죽음에 이르게 한 건 아니라는 결론을 내렸다.

그렇다면 남은 범인은 한 명뿐이다.

바로 로아스. 샤를과 에몬에게 치여 아르만 공작에게 인정조차 받지 못하는 이름뿐인 대공자였지만 어쩌면 그렇기 때문에 더욱 악랄하게 변했을지도 모른다는 생각이 든 것이다.

코를란 자작은 연회 때문에 로아스가 방을 비우기만을 기다렸다. 그러다 로아스가 연회에 참석하기 위해 방을 나서자 기다렸다는 듯이 그의 방 안으로 숨어들었다.

"자, 최대한 빨리 찾아보거라."

코를란 자작은 품속에서 작은 도마뱀 한 마리를 꺼냈다. 생긴 건 여타의 도마뱀과 별반 다를 게 없었지만 녀석의 꼬리에는 특이한 붉은색 반점이 있었다.

블러디 문 도마뱀.

바로 블러디 문의 효과를 시험할 때 사용했던 도마뱀이었다.

대륙에 극소수만 유통되는 블러디 문은 그 값이 어마어마하게 비쌀 뿐만 아니라 희귀해서 진짜인지 감별하는 게 쉽지 않았다.

게다가 대륙에는 블러디 문과 효과가 비슷한 술들이 많았다. 그저 효과만 믿고 구입했는데 블러디 문이 아니어서 낭패를 본 이들도 적지 않았다.

그래서 블러디 문을 거래하는 히드라 상단에서는 도마뱀을 이용해 진짜 블러디 문을 감별하기 시작했다. 상단에서 특별히 키운 도마뱀의 몸속에 블러디 문을 주입하고 블러디 문의 수면 효과에 익숙해지도록 만든 다음에 블러디 문을 판매할 때 함께 선을 보이는 것이다.

블러디 문 도마뱀은 블러디 문의 수면 효과에도 버틸 수 있는 현존하는 유일한 생명체나 마찬가지였다. 게다가 사육 방법이 워낙 까다로워 가짜 블러디 문을 판매하는 상단에서는 감히 따라 할 수조차 없었다.

코를란 자작은 만약 야수족 여인의 살인 사건 때 블러디 문이 사용됐다면 당연히 블러디 문 도마뱀도 함께 들어왔을 것이라고 확신했다. 그리고 공작성 안을 이 잡듯이 뒤진 끝에 야수족 여인의 무덤 속에 잠을 자고 있던 블러디 문 도마뱀을 발견해 냈다. 그리고 다 죽어가는 블러디 문 도마뱀을 지극정성으로 돌본 끝에 자신을 따르도록 만들었다.

코를란 자작은 풀어준 블러디 문 도마뱀이 로아스의 방 안에 숨겨놓은 블러디 문을 찾아낼 것이라 확신했다. 혹시나 싶어 샤를의 방에도 한번 풀어봤지만 블러디 문 도마뱀은 아무것도 찾지 못했다. 그래서 코를란 자작은 샤를의 결백을 믿을 수 있었다.

코를란 자작의 판단대로라면 블러디 문은 로아스의 방에서 발견되어야만 했다. 하지만 시간이 지나도 블러디 문 도마뱀은 블러디 문을 발견해 내지 못했다. 그러고는 이내 지친 듯 코를란 자작의 품속으로 뛰어들어 왔다.

"허어……. 이럴 수가."

코를란 자작은 순간 허탈함이 밀려들었다. 로아스와 샤를, 둘 중에 범인이 있을 것이라는 확신을 가지고 조사해 왔는데 이런 결과가 나올 줄은 미처 예상하지 못했다.

"후우……."

무겁게 한숨을 내쉬며 코를란 자작은 로아스의 방을 나섰다. 그리고 아무 생각 없이 복도를 걸어갔다.

그때였다.

취이이잇!

코를란 자작의 품속에서 잠자고 있던 블러디 문 도마뱀이 갑자기 요란한 소리를 내기 시작했다. 그러더니 이내 코를란 자작의 품을 뛰쳐나와 어딘가로 분주히 발을 놀렸다.

"……!"

코를란 자작은 본능적으로 블러디 문 도마뱀이 블러디 문의 냄새를 맡았다고 생각했다. 그래서 정신없이 블러드 문 도마뱀의 뒤를 쫓았다.

코를란 자작은 어쩌면 블러디 문 도마뱀이 로아스의 여동생인 루비아의 방으로 가는 것인지도 모른다는 생각이

들었다. 로아스와 루비아는 죽은 첫 번째 부인의 자식. 오빠인 로아스를 대신해 여동생 루비아가 은밀히 블러디 문을 보관하고 있을지도 모를 일이었다.

그러나 이번에도 코를란 자작의 예상은 빗나갔다. 블러디 문이 아르만 공작가의 여인들이 머무는 곳으로 움직이긴 했지만 그곳이 루비아의 방은 아니었다.

놀랍게도 블러디 문 도마뱀이 코를 박고 멈춰 선 것은 아르만 공작의 세 번째 부인의 방이었다. 바로 에몬의 어머니의 방이었다.

"……!"

그제야 코를란 자작은 이번 일에 감춰졌던 또 다른 비밀을 알게 되었다.

애당초 야수족 여인을 죽이려 했던 건 로아스도 샤를도 아니었다. 바로 세 번째 부인이자 현 아르만 공작 부인. 에몬과 야수족 여인의 결혼을 결사반대했던 그녀의 짓이었다.

"허, 허허."

코를란 자작은 다리에 힘이 풀려 그 자리에 주저앉아 버렸다. 그제야 그는 이번 일에 적극적일 수 없었던 아르만 공작의 처지를 이해하게 됐다.

만약 로아스와 샤를, 둘 중 한 명의 짓이었다면 아르만 공작도 가만있지 않았을 것이다. 자신의 자식이기 이전에 가문의 일을 망친 자였다. 그렇다면 엄벌에 처해서 가문의 체면을 세우는 게 최선의 방법이라는 걸 아르만 공작이 모를 리 없었다.

하지만 면밀히 조사한 결과 범인은 로아스도 샤를도 아니었다.

바로 하나밖에 남지 않은 자신의 부인. 그것도 자신의 대를 이어주리라 기대한 에몬의 어머니의 짓이었다.

그때부터 아르만 공작은 생각이 많아질 수밖에 없었다.

이대로 부인의 잘못을 드러낸다면? 아마 에몬도 더 이상 가신들의 지지를 받지 못하게 될 것이다. 어쩌면 에몬과 부인이 결탁했다는 오해를 받게 될 수도 있었다.

그렇게 된다면 자신을 가장 많이 닮은 에몬에게 가문을 물려주는 게 불가능해진다. 그렇다고 아무 죄도 없는 로아스나 샤를에게 대신 죄를 덮어씌울 수도 없는 일이었다.

그래서 아르만 공작이 내린 결정은 모든 걸 없던 것으로 하는 것이었다. 그것만이 가문을 위한 길이라고 생각하고 말이다.

다행이 2차 혼인 동맹이 발표되고 그 과정에서 또다시 암살이 이루어지면서 가신들과 귀족들의 의심은 안이 아니라 밖을 향했다. 레이샤드가 밝혔다는 암살자가 은밀하게 아르만 공작성으로 들어와 야수족 여인을 겁간하고 죽였다고 생각한 것이다.

하지만 그랬다면 굳이 겁간을 할 이유가 없었다. 게다가 야수족 여인만 죽이지도 않았을 것이다. 조금만 신중하게 생각하면 누구나 다 의심할 수밖에 없는 상황이었다. 하지만 빌어먹을 전쟁이라는 녀석이 모두의 합리적인 사고를 마비시켜 버렸다.

아르만 공작은 지금도 자신이 최선의 결정을 내렸다고 생각하고 있을 것이다. 그러나 코를란 자작은 아르만 공작이 내린 최선의 결정이 결국 최악의 결정이 될 것이라는 사실을 너무나 잘 알고 있었다.

아마 머지않아 아르만 공작은 자신의 마음을 둘 또 다른 여자를 찾아 움직일 것이다. 그리고 그녀가 아들을 낳는다면 에몬이 아니라 그를 차기 아르만 공작으로 삼으려 할 것이다.

아르만 공작가의 가주들은 대대로 수명이 긴 편이다. 마흔이 다 되어 가주의 자리에 오른 아르만 공작의 나이는 아직 오십이 되지 않았다. 그가 가주들의 평균 수명을 따라간다면 앞으로 몇 번이고 자식을 볼 수 있었다.

그리고 그때마다 아르만 공작가는 후계자 문제로 술렁거

릴 것이다. 가신들은 물론이고 주변 귀족들도 아르만 공작이 쓸데없이 후사 문제를 복잡하게 만든다고 비난할 것이다.

만약 아무것도 모르는 상황이라면 코를란 자작은 그런 아르만 공작의 옆에서 그를 위해 최선을 다하며 살아갔을 것이다. 하지만 모든 비밀을 전부 알게 된 지금은 달랐다. 도저히 아르만 공작을 위해 자신의 인생을 내걸지 못할 것 같았다.

충격은 컸다. 아르만 공작에 대한 연민도 없지 않았다.

하지만 코를란 자작은 발 빠르게 결정을 내렸다. 그리고 자신이 한 번쯤 섬기고 싶다는 생각이 들었던 레이샤드에게 자신의 모든 것을 걸기로 마음먹었다.

이것이 코를란 자작이 허락도 받지 않고 별관에 들어와 레이샤드를 기다린 이유였다. 그리고 코를란 자작은 가능하다면 그 이유를 무덤까지 가져가고 싶었다.

"제가 황자님께 도움이 된다고 생각하신다면 저를 받아 주십시오."

코를란 자작이 레이샤드를 향해 깊숙이 고개를 숙였다. 그가 할 수 있는 건 새로운 주인에게 최선을 다하는 것뿐이었다.

그런 코를란 자작의 진심이 레이샤드에게 전해졌다. 정

확한 사정까지는 모르겠지만 코를란 자작이 나쁜 마음으로 자신에게 오려는 건 아닌 것 같았다.

"정말 나를 따라 아베론 영지에 갈 수 있겠어요?"

레이샤드가 마지막으로 코를란 자작의 뜻을 물었다.

"허락만 해주신다면 어디든 따라가겠습니다."

코를란 자작이 다시 허리를 굽혔다.

"그 약속, 꼭 지켜줘요."

레이샤드가 씩 웃었다. 그렇게 장차 레이샤드의 곁을 지킬 좋은 가신이 생겼다.

5

레이샤드의 허락을 얻은 코를란 자작은 아르만 공작에게 직접 자신의 뜻을 전할 생각이었다. 자신이 알고 있는 모든 것을 가슴에 묻어두고 떠난다면 아르만 공작도 순순히 보내줄 것이라 여겼다.

하지만 엘리자베스는 그렇게 돼서는 안 된다고 레이샤드에게 조언했다.

"잘못하면 코를란 자작이 죽을 수도 있어요."

"네? 왜요?"

"코를란 자작은 지난번 안타깝게 죽임을 당했던 야수족

여인을 조사하고 있었어요. 아마 그 과정에서 뭔가를 알고 아르만 공작가에게 크게 실망한 것 같아요. 그래서 레이를 따라가려고 하는 것 같고요."

코를란 자작은 평생의 비밀로 삼으려 했지만 엘리자베스는 그가 숨긴 모든 걸 다 알고 있었다. 그 정도쯤은 마음만 먹으면 얼마든지 알아낼 수 있는 일이었다.

문제는 코를란 자작이 숨기려던 아르만 공작가의 비밀이 아니었다. 코를란 자작이 아르만 공작가의 비밀을 알고 있다는 사실을 아르만 공작이 눈치채는 것이다.

코를란 자작은 아르만 공작이라면 자신을 흔쾌히 보내줄 것이라고 말했지만 엘리자베스의 생각은 달랐다. 가문의 치부를 숨기기 위해 전쟁까지 불사하려 했던 아르만 공작이라면 코를란 자작을 이대로 살려 보내지 않을 것 같았다.

"아무래도 안 되겠어요."

레이샤드는 자리에서 벌떡 일어났다. 그리고 아르만 공작을 만나기 위해 바삐 움직였다.

예전 같았다면 레이샤드는 분명 엘리자베스에게 방법을 구했을 것이다. 그리고 엘리자베스가 시키는 대로 움직이려 했을 것이다.

하지만 제국에서 겪었던 수많은 일 때문일까. 레이샤드는 어느새 판단력과 실천력을 갖춘 좋은 영주로 성장했다.

엘리자베스의 조언만으로도 자신이 무엇을 해야 하는지 금세 깨달을 만큼 말이다.

"레이, 힘내요."

멀어지는 레이샤드를 바라보며 엘리자베스가 흐뭇하게 웃어 보였다. 그런 엘리자베스의 격려가 힘이 되었을까.

"아르만 공작을 만나고 싶어요."

레이샤드가 당당히 아르만 공작과의 독대를 청했다.

6

막 잠이 들려던 아르만 공작은 서둘러 옷을 갈아입었다. 밤이 늦다 못해 머잖아 동이 틀 것 같았지만 레이샤드가 만나기를 원하는데 머뭇거릴 수는 없는 일이었다.

"무슨 일이시지? 혹시 연회가 마음에 들지 않으시다고 하던가?"

응접실로 향하는 내내 아르만 공작은 걱정이 가득했다. 레이샤드가 뭔가 불만이 있어서 자신을 청한 줄 안 것이다.

그러나 정작 레이샤드는 불만을 토로하기 위해 아르만 공작을 찾은 게 아니었다. 그보다는 훨씬 의미 있는 일을 위해 무례를 무릅쓰고 온 것이다.

"밤늦게 미안해요."

"아닙니다, 황자님. 그렇지 않아도 밀린 일이 많아서 집무실에 있었습니다."

아르만 공작이 선의의 거짓말을 했다. 자신이 침대에 들었다는 사실을 안다면 레이샤드가 부담스러워할 것 같았다.

하지만 집무실에 있었다는 말도 부담스럽기는 마찬가지였다.

"혹시 제가 방해가 됐나요?"

"네? 아, 아닙니다. 그럴 리가요."

"일이 많으신 것 같으니까 그럼 곧바로 말씀드릴게요."

레이샤드가 서둘러 본론을 꺼냈다. 다른 때 같았다면 느긋하게 대화를 이어갔겠지만 코를란 자작이 언제 들이닥칠지 모르는 상황이라 마음이 급했다.

"무슨… 일이신지요?"

덩달아 아르만 공작의 표정도 진지해졌다. 그런 아르만 공작에게 레이샤드가 예상 밖의 말을 꺼냈다.

"아베론 영지에는 인재가 부족해요."

"이, 인재요?"

"네. 그래서 아르만 공작이 허락해 준다면 마음에 드는 한 명을 아베론 영지로 데려가고 싶어요."

"……!"

순간 아르만 공작은 가슴이 철렁했다. 레이샤드가 어쩌면 정보 담당관인 아넬을 원할지도 모른다는 불안한 생각이 든 것이다.

비록 비공식적인 업무를 담당하고 있긴 하지만 아넬은 아르만 공작이 인정하는 최고의 인재였다. 아넬은 단순히 정보 분석만 잘하는 정보관이 아니었다. 정보 분석뿐만 아니라 행정이면 행정, 군략이면 군략까지 무엇 하나 빠지지 않았다.

그럼에도 아넬을 정보부에 묶어둘 수밖에 없는 건 아넬 말고는 그 일을 맡길 사람이 없어서였다. 행정학이나 군사학은 아넬을 대체할 수 있는 이들이 적잖았다. 하지만 정보 분석은 아넬을 따라올 자가 없었다.

아넬이 라미레스 후작가의 정보를 제대로 분석하지 못한 일로 스스로 징계를 받고 있긴 하지만 그렇다고 해서 그의 능력을 의심한 적은 단 한 번도 없었다. 오히려 이번 기회에 한번 꺾였기 때문에 앞으로는 더욱 철저하게 정보를 분석해 줄 것이라는 기대가 컸다.

그런데 만에 하나라도 레이샤드가 아넬을 원한다면? 아넬을 내줄 수도 없고 그렇다고 내주지 않을 수도 없는 곤란한 상황에 빠지게 될 것이다.

"혹시… 아넬을 말씀하시는 것인지요?"

아르만 공작이 불안한 마음에 먼저 입을 열었다. 레이샤드가 정말 아넬을 원할 수도 있지만 그동안 겪어온 레이샤드의 성격이라면 어느 정도 자신의 입장을 배려해 줄 것이라 여겼다.

그런 아르만 공작의 속내를 읽은 것일까?

"아넬은 좀 어렵겠죠?"

레이샤드가 아쉽다는 반응을 보였다. 그러자 아르만 공작이 기다렸다는 듯 말을 받았다.

"아시다시피 아넬은 저희 공작가의 정보 분석관입니다. 황자님께서 아넬을 원하신다면 당연히 보내 드려야겠지만… 그러기에는 그가 아르만 공작가에 대해 알고 있는 게 너무나 많습니다."

아르만 공작은 아넬로 인해 아르만 공작 내부의 정보들이 밖으로 새어 나가는 것을 염려했다. 물론 정말로 아넬이 아르만 공작령을 떠나 아베론 영지로 간다면 비밀 유지 서약을 받겠지만 솔직히 그것만으로 아르만 공작령의 모든 정보가 안전해질 것이라는 기대는 할 수 없었다.

아르만 공작이 아넬에게 내세울 수 있는 최선은 아르만 공작가의 일을 외부에 발설하지 않는 것이다. 하지만 아넬의 머릿속에 들어 있는 정보들까지는 어떻게 할 방법이 없었다. 아넬이 입을 열지 않아도 머릿속에 든 정보들을 활용해 아베론 영지나 다른 경쟁자들에게 도움을 준다면?

결국 아르만 공작가의 정보를 외부에 유출한 것이나 별반 다를 바 없는 결과가 나올 수밖에 없었다.

그런 아르만 공작의 우려에 레이샤드가 고개를 끄덕거렸다. 애당초 아넬을 데려갈 생각은 없었지만 정말 아넬을 데려간다면 그런 문제들이 일어난다는 사실을 새롭게 알게 되었다.

'나중에 영지에 정보관이 생긴다면 귀하게 대해야겠어.'

레이샤드는 아넬을 아끼는 아르만 공작의 모습이 부러웠다. 그래서일까. 어떻게든 코를란 자작을 데려가고 싶은 욕심이 커졌다.

"그렇다면… 코를란 자작을 보내주세요."

잠시 망설이는 척 시간을 끌던 레이샤드가 두 번째로 코를란 자작의 이름을 언급했다. 그러자 아르만 공작이 살짝 이맛살을 찌푸렸다. 코를란 자작이 최근에 가문의 치부를 파헤치고 다닌다는 사실이 마음에 걸린 모양이었다.

하지만 제아무리 아르만 공작이라 하더라도 황자의 청을 연거푸 거절하기란 쉽지 않았다. 이미 레이샤드는 자신의 체면을 생각해 아넬을 포기해 주었다. 그렇다면 코를란 자작만큼은 군말 없이 양보해 주어야 했다.

다만 신경 쓰이는 건 코를란 자작이 가문의 치부에 대해 얼마만큼이나 알고 있느냐는 점이다.

"제가 코를란 자작과 따로 이야기를 해보겠습니다."

아르만 공작이 슬쩍 운을 뗐다. 코를란 자작과 대화를 해보겠다는 핑계로 그가 무엇을 얼마나 알고 있는지 알아볼 생각이었다.

그러나 그 이야기는 레이샤드에게 다르게 들릴 수도 있었다.

"서운하네요. 코를란 자작도 안 된단 말인가요?"

레이샤드가 일부러 불만스러운 표정을 지었다. 아르만 공작의 말이 그런 뜻이 아님을 잘 알고 있었지만 지금은 어떻게든 코를란 자작을 빼앗아야 하는 상황이었다.

그런 레이샤드의 간절한 연기는 제대로 통했다.

"아, 아닙니다, 황자님. 오해하지 마십시오. 그리고 황자님께서 코를란 자작을 원하신다면… 그리하십시오. 저 역시 코를란 자작이 아베론 영지에 도움이 되면 더없이 기쁠 것 같습니다."

아르만 공작이 냉큼 말을 정정했다. 자신이 부린 욕심이 레이샤드의 마음을 상하게 할 수 있다는 사실을 뒤늦게 알아챈 것이다.

'지금은 황자의 기분을 맞춰야 하니 어쩔 수 없지.'

아르만 공작은 이내 욕심을 버렸다. 이렇게 된 이상 코를
란 자작을 따로 만나는 건 어려울 것 같았다. 그렇다면 차
라리 한시라도 빨리 코를란 자작을 영주성 밖으로 내보내
는 편이 나았다. 레이샤드가 아베론 영지로 돌아가기 전에
뭔가를 알아내지 못하도록 말이다.

제51장

아베론 영지로

1

날이 밝기가 무섭게 아르만 공작은 총관을 통해 코를란 자작에게 임무를 맡겼다. 아르만 공작가를 대표해 바람 부족으로 가서 사과의 선물을 전하라는 내용이었다.

"후우……."

코를란 자작은 군말 없이 아르만 공작의 명령을 받아들였다. 그렇지 않아도 오랫동안 섬겨왔던 아르만 공작을 이대로 떠나야 한다는 사실이 못내 아쉬웠는데 마지막까지 자신의 역할을 다할 수 있어서 다행이었다.

코를란 자작은 아르만 공작이 내준 성대한 선물을 싣고

바람 부족을 방문했다. 그리고 아르만 공작을 대신해 라힘 달에게 사과의 뜻을 전했다.

"아르만 공작님께서도 지난 일을 많이 아쉬워하셨습니다."

"이해하오. 그리고 아르만 공작께는 선물을 잘 받았다고 전해주시오."

라힘달은 별다른 조건 없이 아르만 공작가의 사과를 받아들였다.

앞으로 바람 부족이 지금보다 번영하기 위해서는 인간들과 적극적으로 교류할 필요가 있다는 루드니의 말을 새겨들은 덕이었다.

루드니는 라힘달에게 양측의 화해를 기념하기 위해 축제를 열 것을 제안했다.

코를란 자작은 썩 달가워하지 않았지만 라힘달이 축제를 허락하면서 꼼짝없이 바람 부족에 머무를 수밖에 없었다.

그렇게 코를란 자작이 임무를 끝마치고 아르만 공작성으로 돌아왔을 때는 이미 그에 대한 새로운 임무가 하달된 뒤였다.

레이샤드 황자를 따라 아베론 영지로 갈 것.

내용은 짧았다. 그러나 그 속에 담겨진 뜻은 어마어마했다.

만일 코를란 자작이 레이샤드를 섬길 결심을 하지 않았다면 아마 치미는 배신감에 몸서리를 쳐야 했을 것이다. 하지만 이미 마음이 떠난 탓일까. 이 충격적인 내용을 전해 들어도 별다른 감흥이 없었다. 그저 마지막으로 아르만 공작을 만나지 못하고 떠난다는 사실이 조금 아쉬울 따름이었다.

2

덜컹. 덜커덩.

여러 대의 마차가 아르만 공작성을 천천히 빠져나왔다. 아르만 공작가에서 사전에 준비해 준 덕분에 레이샤드 일행은 사두마차를 타고 움직일 수 있었다.

이대로 공간 이동 포탈에 도착하면 아베론 영지까지는 금방이었다. 그래서일까. 레이샤드는 벌써 아베론 영지에 도착한 기분마저 들었다.

"아베론 영지란 어떤 곳입니까?"

정든 아르만 공작가를 떠나 아베론 영지로 향하게 된 코를란 자작이 조심스럽게 물었다.

그가 탄 마차에는 폭풍의 용병단의 총관인 안티몬과 레이샤드의 여자가 된 메르디아가 타고 있었다.

"저도 처음 방문하는 곳이라 정확하게는 모릅니다. 다만 황자님께서는 대륙에 알려진 것과는 다를 것이라고 하셨습니다."

안티몬이 메르디아의 눈치를 살피며 대답했다. 코를란 자작과 단둘뿐이었다면 속 시원하게 이야기해 줬겠지만 그의 맞은편에는 하필 메르디아가 앉아 있었다. 그녀가 자신의 말을 레이샤드에게 전할 수도 있기 때문에 여간 조심스럽지가 않았다.

"알려진 것과는 다르다라……."

코를란 자작이 혼잣말처럼 중얼거렸다. 그가 듣고 싶었던 정확하고 구체적인 정보는 아니었지만 기대감을 갖기에는 충분했다.

대륙에 알려진 아베론 영지는 말 그대로 최악의 영지였다.

위에서부터는 마기가 밀려 내려와서 언제 마기에 전염될지 모르는 곳, 남쪽으로는 세 왕국의 틈바구니에 끼어서 영지의 성장 자체가 막혀 버린 곳. 레오니스 제국에 소속되어 있지만 지도에조차 표기되지 않는 버려진 곳. 수십만을 헤아리던 인구가 고작 천여 명도 남지 않은, 영지라 부르기도 민망한 곳.

이것이 일반적으로 알려진 아베론 영지에 대한 세간의 평가였다.

이 정도는 코를란 자작도 익히 들어 알고 있었다. 레이샤드에 대한 호감이 생긴 이후로 아르만 공작가 도서관에 들어가 아베론 영지에 관한 책들을 닥치는 대로 읽었다. 덕분에 최근의 정보들을 어느 정도 파악할 수 있었다.

하지만 그 최근이라는 것도 10년 이전의 내용이 대부분이었다. 하르베스 폐황태자가 아베론 영지로 간 이후의 기록들은 도서관 어디에서도 찾아볼 수가 없었다.

코를란 자작이 알고 싶은 건 바로 하르베스 폐황태자 이후의 아베론 영지다. 아베론 영지가 하루아침에 번영하기란 불가능하겠지만 그전에 비해 얼마나 어떻게 악화되었을지 걱정이 앞섰다.

그러나 정작 두 눈으로 확인한 아베론 영지는 걱정했던 것과는 전혀 달랐다.

"빨리빨리 움직여! 자꾸 그렇게 굼뜨면 오늘 하루 종일 일을 해야 한다고!"

마법진을 지나자 병사들을 독려하는 페터슨의 목소리가 쩌렁쩌렁하게 들려왔다. 레이샤드가 도착한 날이 하필이면 추수 날이다 보니 영지를 지키고 있던 병사들 대부분이 마법 식물 수확에 투입된 상황이었다.

"저건… 대체 뭐죠?"

호기심 어린 눈으로 주변을 바라보던 메르디아가 회색빛 땅을 가리키며 물었다. 그녀가 알기로 땅의 색깔이 회색인 것은 화산 주변 일대뿐이었다. 그러나 아베론 영지는 아무리 봐도 화산 같은 게 보이지 않았다.

하지만 안티몬은 물론이고 코를란 자작도 메르디아에게 대답을 해줄 수가 없었다.

회색빛 대지가 궁금한 건 그들도 마찬가지였다. 그들이 그나마 짐작할 수 있는 건 마기로 검게 물들었다는 아베론 영지의 땅이 되살아나고 있다는 점뿐이었다.

레이샤드를 따라 온 폭풍의 용병단의 일부가 마법진을 통과하느라 시간이 걸리는 사이 레이샤드는 한발 앞서 영주관을 찾았다. 그곳에는 미리 연락을 받은 아돌프가 와서 기다리고 있었다.

"영주님……!"

레이샤드를 본 아돌프는 자신도 모르게 왈칵 하고 감정이 복받쳐 올랐다. 레이샤드를 걱정하느라 잠조차 제대로 이루지 못한 날들이 많았는데 이렇게 건강한 레이샤드를 다시 만나게 되니 그동안의 고생을 전부 보상받는 기분마저 들었다.

"아돌프, 미안해요. 내가 너무 늦었죠?"

레이샤드가 멋쩍은 듯 뒷머리를 긁적거렸다. 자신이 없는 동안 혼자 아베론 영지를 돌봤을 아돌프를 생각하니 못할 짓을 했다는 생각마저 들었다.

그러자 아돌프가 기다렸다는 듯이 한숨을 내쉬었다. 레이샤드가 일만 잔뜩 벌여놓고 제국으로 가버린 탓에 평소보다 업무량이 세 배는 늘어난 상황이었다.

만약 레이샤드가 한 달 정도만 늦게 왔다면 아마 아돌프는 업무 과다로 쓰러져 버렸을 것이다. 하지만 레이샤드가 다행히도 제때 도착한 덕분에 아돌프도 애써 웃을 수 있었다.

"일단은 헬레나 님부터 만나보십시오. 아침부터 영주님을 기다리고 계셨습니다."

아돌프는 오늘 하루라도 레이샤드를 쉬게 해주고 싶었다. 레이샤드를 위해서라기보다는 그를 기다려 온 많은 이를 위해서였다.

"그래도 될까요?"

레이샤드가 조심스럽게 되물었다. 솔직히 마음은 곧바로 어머니인 헬레나를 만나고 싶었지만 오랫동안 영지를 비운 탓에 염치가 없었다.

그러자 아돌프가 걱정 말라며 레이샤드의 등을 떠밀었다. 영지 운영도 좋지만 그보다 중요한 것은 레이샤드 일가의 행복이었다. 레이샤드와 그의 가족들이 행복하지 않은

데 아베론 영지가 잘될 리가 없었다.

"그럼 어머니 얼굴만 보고 올게요."

레이샤드는 제국에서 가져 온 선물도 놔두고 서둘러 헬레나의 처소를 찾았다. 죽음의 병과 싸워 온 헬레나의 건강이 염려된 것이다.

하지만 라인하르트가 만든 포션을 꾸준히 복용한 헬레나는 제국을 다녀오기 전보다 훨씬 더 건강해져 있었다.

"레이! 어서 오거라."

헬레나가 환한 얼굴로 레이샤드를 맞았다.

"어머니!"

레이샤드가 냉큼 헬레나의 품에 안겼다. 그녀의 따뜻한 체온이 뺨을 통해 전해지자 레이샤드는 그제야 아베론 영지에 돌아왔다는 실감이 났다.

3

아돌프는 적어도 열흘 정도는 레이샤드에게 휴식을 주고 싶었다. 잠깐도 아니고 한 달이 넘는 긴 시간 동안 레이샤드는 제국의 북동부에 머물러 있었다. 공간 이동 포탈을 타고 움직이지 않았다면 오가는 데만 족히 10달이 걸릴 거리였다.

아돌프는 레이샤드가 아베론 영지에서의 생활에 다시 적응을 하는 데 제법 시간이 걸릴 것이라고 예상을 했다. 하지만 정작 레이샤드는 다음 날 아침부터 정무에 복귀했다.

그리고 곧바로 회의를 소집했다.

"아니 무슨 제국에서 돌아오자마자 회의야?"

갑작스러운 회의 준비에 당황한 내무 담당관 에이작이 불만을 터뜨렸다. 회의를 할 거면 미리 말이라도 해줄 일이지 말도 없이 회의를 열다니. 덕분에 아내 페이미가 정성스럽게 차려준 아침 식사를 제대로 먹지도 못하고 영주성으로 달려와야만 했다.

"그러게나 말입니다. 당분간은 좀 쉬셔도 될 텐데 말이죠."

행정 담당관 모비드가 냉큼 고개를 끄덕였다. 아베론 영지에서 유일하게 행정 업무를 담당하는 그는 간밤에 넘어온 천여 명의 폭풍의 용병단의 신분을 파악하는 것만으로도 골이 지끈거릴 지경이었다. 그런데 아침부터 회의라니. 이건 해도 너무하다는 생각마저 들었다.

"영주님께서 그동안 영지가 어떻게 달라졌는지 궁금하셨던 모양입니다. 그러니 너무 불만스럽게 생각하지 마십시오."

상업을 담당하는 브루스가 웃으며 두 사람을 달랬다. 그

역시 회의 준비 때문에 아침을 먹는 둥 마는 둥 했지만 그래도 나이 어린 영주가 영지를 살피려는 모습만큼은 기특해 보였다.

"그렇지 않아도 영주님께 보고드릴 게 한두 가지가 아니지 않습니까? 그러니 어서들 가십시다."

재정 담당 조르만이 쓸데없는 소리들 말라며 관리들의 발걸음을 재촉했다. 언제나 불만이 많은 에이작은 물론이고 관리들 중 레이샤드의 귀환이 반갑지 않은 자는 아무도 없었다. 영주의 부재라는 이유만으로 결재가 유보된 사안이 한두 개가 아니기 때문이었다.

총관인 아돌프가 레이샤드를 대신해 아베론 영지를 관리하고 있다고는 하지만 그가 레이샤드의 모든 것을 대행할수는 없었다. 영지에는 오직 영주만이 할 수 있는 일들이 있었다. 그리고 그 일을 수행하지 않을 경우 영지의 일은 멈춰 버릴 수밖에 없었다.

그런 점에서 레이샤드가 제국에서 돌아오자마자 정무를 챙긴다는 건 분명 반가운 일이었다.

"그런데 영주님이 이번에는 어떤 일을 추진하실까요?"

군부를 담당하는 페터슨이 기대 어린 눈으로 말했다. 제국에서 돌아오면서 레이샤드는 혼자 돌아온 게 아니었다. 폭풍의 용병단이라는, 이름만 들어도 눈이 번쩍 뜨이는 대류 최고의 용병단을 데리고 아베론 영지로 들어왔다.

이번에 합류하게 된 폭풍의 용병단의 수만 해도 1천 명에 달했다. 그리고 사전에 전해 들은 바로 나머지 4천 명의 인원은 폭풍의 용병단의 가족들과 함께 공간 이동 포탈을 통해 순차적으로 영지로 들어온다고 한다.

레이샤드가 폭풍의 용병단과 어떤 계약을 했는지는 모르겠지만 순 전력만 5천명에 달하는 용병들을 데려왔다는 건 그만큼 큰일을 준비하고 있다는 소리였다. 페터슨은 그 일이 가급적이면 자신이 담당하는 군부와 연관된 일이기를 바랐다.

그러나 레이샤드는 폭풍의 용병단을 데리고 병정놀이를 하고 싶은 마음은 없었다.

"폭풍의 용병단 중 일부는 영지의 치안 업무를 맡게 될 거예요. 그리고 나머지 인력은 영지 개발에 투입될 예정이에요."

아베론 영지의 실질적인 권역이 넓어졌다고는 하지만 아직 5천 명의 병력을 방어 업무에 투입시킬 정도는 아니었다. 그보다는 영지 개발을 위해 필요한 곳에 활용하는 편이 훨씬 효율적이었다.

"영주님, 성벽 보수도 해야 하고 군부에서도 할 일이 많습니다."

페터슨이 재빨리 목소리를 냈다. 그렇지 않아도 부족한 병사들을 쪼개고 쪼개어 활용하는 데 한계를 느끼고 있었다. 그렇다면 차라리 폭풍의 용병단 전체를 군부에 배속시켜 체계적으로 관리하는 편이 나을 것 같았다.

하지만 그건 어디까지나 페터슨의 욕심이었다.

"일이 많은 건 다른 부서들도 마찬가지입니다. 그리고 듣기로 폭풍의 용병단에는 A급 용병도 존재한다는데 그들을 군부에서 전부 독차지할 생각이십니까?"

다른 관리들을 대신해 아돌프가 페터슨을 힐난했다. 군부의 최고 책임자로서 폭풍의 용병단을 제대로 부려보고 싶은 페터슨의 욕심을 모르는 바는 아니지만 그랬다간 득보다 실이 더 많을 것 같았다.

게다가 폭풍의 용병단의 중심에는 3명의 A급 용병들이 버티고 있었다. 그들이 작위가 있지도 검술 실력이 뛰어나지도 않은 페터슨의 지시를 군말 없이 받아들일지 의문이었다.

"크흠, 그래도 용병은 계약에 따라 움직여야 하는 거 아니겠습니까?"

A급 용병이라는 말에 페터슨이 냉큼 꼬리를 내렸다. 아베론 영지에서는 오우거보다 무섭다는 페터슨이지만 A급 용병 앞에서는 작아질 수밖에 없었다.

그건 다른 관리들도 마찬가지였다. 레이샤드가 폭풍의 용병단을 적재적소에 배치해 활용하겠다는 뜻을 밝혔지만 누구 하나 쉽게 그 활용 방안을 내놓지 못했다.

레이샤드가 폭풍의 용병단을 고용하기 위해 제국으로 떠났을 때만 하더라도 아돌프를 비롯한 관리들은 큰 기대를 하지 않았다. 폭풍의 용병단은 대륙 최고의 용병단이다. 레이샤드가 레오니스 제국의 황족이라 하더라도 그들과 계약하기란 쉽지 않은 일이었다.

그래도 아돌프가 레이샤드의 제국행을 받아들인 것은 이번 기회에 더 큰 세상을 보고 오라는 뜻이었다. 레이샤드의 신분이 있으니 폭풍의 용병단도 어느 정도 예의는 지켜줄 터. 계약에 실패하더라도 레이샤드에게는 실보다 득이 많을 것이라는 판단에서였다.

그런데 레이샤드가 정말로 폭풍의 용병단을 데리고 영지로 돌아왔다. 처음에는 폭풍의 용병단 일부와 계약한 줄 알았는데 나중에 알고 보니 폭풍의 용병단 전원은 물론이고 그들의 가족들까지 전부 아베론 영지로 오고 있다고 했다.

그 수가 자그마치 3만이었다. 아베론 영지의 인구가 이제 겨우 5천을 넘은 시점에서 그보다 6배나 많은 인원이 아베론 영지로 몰려오고 있는 것이다.

만일 이들이 단순한 유랑민들이었다면 아돌프는 물론이

고 관리들도 한목소리로 반대를 했을 것이다. 아베론 영지에게 가장 필요한 게 영지민이라는 걸 모르지는 않지만 그렇다고 영지에 해가 될 수 있는 유랑민들을 영지 인구의 몇 배나 받아들일 수는 없는 노릇이었다.

그러나 다행히도 레이샤드가 데려온 건 유랑민이 아니라 폭풍의 용병단이었다. 폭풍의 용병단의 이름은 대륙의 북쪽 끝에 위치한 아베론 영지에까지 널리 퍼져 있었다. 그래서 폭풍의 용병단이 아베론 영지에 해를 끼칠 거라 생각하는 이들은 거의 없다시피 했다.

문제는 인원이다. 폭풍의 용병단 5천 명만 감안해도 영지민과 맞먹는 숫자인데 그들의 가족까지 전부 아베론 영지로 온다고 한다. 그 경우 본래 살고 있던 아베론 영지민이 영지에 대한 주도권을 빼앗기게 될 수도 있었다.

지난번에 유입된 이들이야 신전 건축에 참여하는 이들이었으니 관리들도 별다른 불만 없이 넘어갈 수 있었다. 게다가 새로 유입된 인구는 지금껏 단 한 번도 말썽을 부린 적이 없었다. 2년 안에 신전을 건축해야 하는 사명을 띠고 있는 그들에게 영지의 분란을 일으킬 만한 시간 자체가 없었다.

하지만 폭풍의 용병단은 다르다. 아니, 정확하게 말하자면 용병들은 평범한 영지민들과는 달랐다. 강함을 숭상하는 용병들은 이기적으로 생각하고 행동하는 경우가 많았다. 반면 영지민들은 영주의 이득을 먼저 생각했다. 그 차이가 아베론 영지에 또 다른 분란을 불러일으킬 가능성을 완전히 배제하기 어려운 상황이었다.

만일 폭풍의 용병단이 자신들만의 방식으로 움직이려 한다면 아베론 영지도 그들에 의해 끌려갈 수밖에 없었다. 인구수를 보더라도 폭풍의 용병단의 목소리가 높을 수밖에 없었다. 그런 상황을 레이샤드가 현명하게 잘 대처할 수 있을지 관리들은 확신하기 어려웠다.

폭풍의 용병단이 아베론 영지에 잘 적응해 줄 것이라는 확신이 없는 상황에서 폭풍의 용병단을 어찌 활용할지 걱정하는 건 솔직히 무의미한 고민이었다. 그건 폭풍의 용병단이 아베론 영지에 순응하고 있는 모습이 확인된 다음에 해도 늦지 않았다.

관리들 중 마음이 급한 건 폭풍의 용병단을 직접 상대할 일이 많은 패터슨뿐이었다. 아돌프를 비롯한 다른 관리들은 솔직히 폭풍의 용병단을 신경 쓸 여유조차 많지 않았다.

하지만 레이샤드는 별일 없을 것이라고 단언했다. 아르만 공작가와의 계약 문제가 걸려 있는 폭풍의 용병단이 아베론 영지에서 불필요한 문제를 일으킬 이유는 없었기 때문이다.

"그 문제는 폭풍의 용병단과 그들의 가족이 전부 영지에 들어 왔을 때 다시 논하도록 해요."

레이샤드가 폭풍의 용병단에 대한 안건을 마무리 지었다. 패터슨이 아쉬운 듯 입맛을 다셨지만 레이샤드의 결정은 번복되지 않았다.

"영주님이 제국에 가 계시는 동안 흑철광을 채광하는 데 성공했습니다."

패터슨에 이어 상업 담당인 브루스가 입을 열었다. 레이샤드가 알려주었던 곳을 중심으로 대대적인 채굴 작업을 한 결과 흑철광을 파낼 수 있는 기본 준비를 마치게 된 것이다.

"매장된 양이 어느 정도던가요?"

레이샤드가 눈을 반짝이며 물었다. 영지에 수입원이라고는 질 나쁜 구리 광산이 전부이던 시절이 엊그제 같은데 정말 흑철광의 생산이 가능하다니 모든 게 꿈만 같았다.

"정확한 양은 알 수 없으니 경험 많은 광부들의 말에 따르면 영지의 광부들만으로는 천 년을 채굴해도 부족할 것 같다고 합니다."

브루스가 슬쩍 입가를 비틀어 올렸다. 아베론 영지에 광부들의 수가 적긴 했지만 그들이 천 년을 채굴해도 남을 만큼 많은 흑철광이 매장되어 있으니 아베론 영지의 상업이 발전하는 건 시간문제 같았다. 그래서일까.

"그리고 영주님. 허락하신다면 예전처럼 다시 상인들을 상주시켜 볼 생각입니다."

브루스가 오랜 염원이었던 아베론 영지의 상권 회복을 노래했다.

아베론 영지에서 상인들이 사라진 것은 꽤나 오래전의 일이었다. 그리고 상인들이 버리고 남아 있는 상가를 영주민들이 대신 운영했던 것도 벌써 10여 년 전의 일이었다.

영지가 발달하기 위해서는 영지 내에서 생산과 소비가 함께 이루어져야 한다. 그러나 아베론 영지는 생산은 물론이고 소비조차 제대로 이루어지지 않았다. 가끔씩 외부의 상단이 아베론 영지로 들어올 때만 필요한 소비가 이루어지는 형태였다.

브루스는 이제 아베론 영지에 상가를 다시 열어도 어느 정도 가능성이 있다고 판단했다. 물론 처음에는 힘들겠지만 영지 차원에서 지원을 해준다면 머잖아 10여 년 전 수준의 상권은 회복이 가능할 것 같았다.

"좋은 생각이에요. 그렇지 않아도 폭풍의 용병단에게 물자를 공급해 왔던 상단이 있다고 하니 그들과 이야기를 해보세요."

레이샤드가 흔쾌히 고개를 끄덕였다. 그러고는 재정 담당 조르만에게 상권 회복에 대한 지원을 아끼지 말라고 주문했다.

"알겠습니다, 영주님."

조르만이 깊숙이 고개를 숙였다. 예전 같았다면 레이샤드가 너무나 성급하게 결정을 내린다며 한숨을 내쉬었겠지만 창고에 금화가 가득 쌓인 지금은 달랐다. 영지의 미래를 위해 필요한 일이라면 조르만도 금화 창고를 여는 것을 아끼지 않았다.

하지만 그렇다고 해서 브루스가 원하는 대로 지원을 해 줄 생각은 없었다. 브루스는 상업 담당 관리답게 초기 예산을 늘 높게 책정했다. 그리고 당초 계획에도 없는 지출이 적지 않았다.

나중에 브루스가 제출한 지출 내역서를 살필 때마다 조르만은 이해보다는 한숨만 나왔다. 그런 브루스에게 무턱대고 금화를 퍼주었다간 제대로 된 성과를 내기도 전에 금화 창고가 바닥을 보이게 될 터였다.

"새로 유입될 이들을 위한 준비는 잘 진행되고 있는 거죠?"

레이샤드가 행정 담당 모비드를 바라봤다. 그러자 모비드가 대답 대신 무겁게 한숨을 내쉬었다. 레이샤드가 마법 통신을 통해 제국행의 성과를 알려온 이후로 그의 얼굴에는 주름살이 몇 배나 늘어난 상황이었다.

"일단 미리 준비한 집들을 폭풍의 용병단에게 우선 배정하고 있습니다만 영주님께서 말씀하신 모든 이들에게 집을 공급하기 위해서는 시간이 좀 더 걸릴 것 같습니다."

모비드가 애써 담담한 목소리로 말했다. 레이샤드가 끌어들인 건 3만의 폭풍의 용병단이 전부가 아니었다. 라미레스 후작가에서 유입될 5천 명의 영지민이 더 있었다.

폭풍의 용병단은 계약으로 인해 아베론 영지에 온 것이고 언제든 계약이 끝나면 되돌아갈 수 있기 때문에 준비가 소홀한 것을 어느 정도 이해해 줄 수 있었다. 하지만 아베론 영지에서 살기 위해 찾아온 5천 명의 이주민은 달랐다. 그들의 미래에 대한 두려움을 초반에 다잡아주지 못한다면 아베론 영지에 머무는 내내 불안감에 시달릴 수밖에 없었다.

하지만 모비드가 활용할 수 있는 인원만으로 어둠에 집어삼켜졌던 집들을 청소하기란 한계가 있었다. 게다가 청소 이전에 마기를 전부 제거하는 마법적인 작업이 필수인데 라인하르트에 비해 시리우스가 그 역할을 제대로 수행해 주지 못하고 있었다.

그렇다고 영지에 도움을 주는 수준 높은 마법사의 탓으로 돌릴 수 없었기 때문에 모비드는 그저 속으로만 끙끙 앓고 있었다.

그나마 다행인 건 레이샤드를 따라갔던 라인하르트가 돌아왔다는 것이다. 라인하르트가 예전처럼 집의 개보수에 힘을 보태준다면 더뎠던 거주지 확충도 이주민 유입과 어느 정도 속도를 맞출 수 있을 것 같았다.

"쉬지도 못하고 일하게 해서 미안해요, 모비드. 영지의 일을 도울 만한 이들이 나타나면 가장 먼저 행정관(영지관 내 행정을 담당하는 부서)으로 보낼 테니까 조금만 더 고생해 줘요."

레이샤드가 미안한 마음을 가득 담아 모비드를 위로했다. 그 속에 진심이 담겨 있어서일까. 모비드가 애써 웃어 보였다.

레이샤드는 이어 다른 관리들의 보고를 받았다. 자신이 제국에 머물고 있는 동안에도 관리들이 쉬지 않고 부지런히 노력해 왔다는 게 고맙고 또 고마웠다.

마음 같아서는 모든 관리들에게 큰 포상과 휴가를 주고 싶었다. 하지만 애석하게도 아베론 영지의 발전은 이제부터가 시작이었다. 영지가 조금 더 자리를 잡을 때까지는 관리들도 함께 고생해 주어야만 했다.

『영주 레이샤드』 7권에 계속…

초대형 24시 만화방

신간 100%, 샤워실, 흡연실, 수면실(침대석), 커플석, 세탁기 완비

■ 강북 노원역점 ■

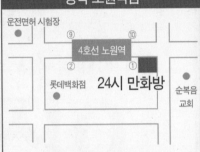

서울 노원구 상계동 340-6 노원역 1번 출구 앞 3층
02) 951-8324 (화용빌딩 3층)

■ 일산 정발산역점 ■

라페스타 E동 건너편 먹자골목 내 객잔건물 5층
031) 914-1957

■ 일산 화정역점 ■

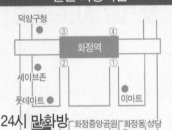

경기도 고양시 덕양구 화정동 984번지 서일빌딩 7층
031) 979-4874 (서일사우나 건물 7층)

■ 부천 역곡역점 ■

역곡남부역 기업은행 건물 3층
032) 665-5525

■ 부평역점 ■

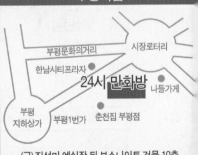

(구) 진선미 예식장 뒤 보스나이트 건물 10층
032) 522-2871

네르가시아 장편소설
FUSION FANTASTIC STORY

도시 무왕 연대기

글로벌 기업의 후계자 김태하.
탄탄대로를 걷던 그에게 거대한 음모가 덮쳐 온다!

『도시 무왕 연대기』

가장 믿고 있었던 친척의 배신,
그가 탄 비행기는 추락하고 만다.

혹한의 땅에서 기적같이 살아나
기연을 만나게 되는데……

모든 것을 잃은 남자,
김태하의 화끈한 복수극이 시작된다!

Book Publishing CHUNGEORAM

유행이아닌 자유추구 -
www.chungeoram.com

류화수 퓨전 판타지 소설
FUSION FANTASTIC STORY
스킬스
SKILLS
검술? 마법?
템빨로 다 이겨주마!
『스킬스』
세계기능올림픽 금형 부문 금메달리스트 최진기.
그가 용광로에 빠져 도착한 곳은 ……
악마가 출현하는 곳, 이계.
"왜 이 송곳니로 만들 수 있는 무기들이 떠오르는 거지?"
바야흐로 이세계에 떨어진
그의 성공 신화가 시작된다!
Book Publishing CHUNGEORAM
WWW.chungeoram.com

떡운 장편 소설

FUSION FANTASTIC STORY

진공 삼국지

2세기 말 중국 대륙.
역사상 가장 치열했던 쟁패(爭覇)의
시기가 열린다!

중국 고대문학을 공부하던 전도형,
술 마시고 일어나니 도겸의 둘째 아들이 되었다?

조조는 아비의 원수를 갚으러 쳐들어오고
유비는 서주를 빼앗으려 기회만 노리는데……

"역시 옛사람들은 순수하다니까.
　유비가 어설픈 연기로도 성공한 데는 다 이유가 있지, 암."

**때로는 군자처럼, 때로는 효웅처럼!
도형이 보여주는 난세를 살아가는 법!**

Book Publishing CHUNGEORAM

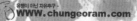
유행이 아닌 자유추구 -
WWW.chungeoram.com

이경영 판타지 장편소설

FANTASY FRONTIER SPIRIT

그라니트

용들의 땅

G R A N I T E

사고로 위장된 사건에 의해 동료를 모두 잃고 서로를 만나게 된 '치프'와 '데스디아'.
사건의 이면에 상식을 벗어난 음모가 있음을 알게 된 둘은
동료들의 죽음을 가슴에 새긴 채 각자의 고향으로 돌아간다.
2년 후, 뜻하지 않게 다시 만난 두 사람은 동료들의 복수를 위해
개척용역회사 '그라니트 용역'을 설립해 다시금 그 땅을 찾게 되는데……

용들이 지배하는 땅 그라니트!
그곳에서 펼쳐지는 고대로부터 이어지는 운명적 만남,
깊어지는 오해, 그리고 채워지는 상처.

『가즈 나이트』시리즈 이경영 작가의 미래형 판타지 신작!

Book Publishing CHUNGEORAM

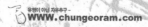

유행이 아닌 자유추구 -
WWW.chungeoram.com